LE MAÎTRE DE LA MAFIA

BIANCA COLE

TABLE DES MATIÈRES

KANE

Les basses assourdissantes qui m'ébranlent de la tête aux pieds s'ajoutent à l'adrénaline qui déferle dans mes veines. Je sens ma tension musculaire croître, je suis toujours à cran en prévision d'une effusion de sang. Il est fort probable que la situation tourne au vinaigre, mon boulot n'est pas des plus paisibles.

J'avance lentement dans le club et j'observe la salle en quête d'une menace potentielle, je m'y attends constamment, c'est devenu une seconde nature, même quand je rentre chez moi. Je suis perpétuellement sur le qui-vive. On nous dévisage mes hommes et moi, les chuchotements fusent.

C'est ça, continuez vos messes basses. S'ils me croient ici pour chercher des ennuis, ils ont *raison*. Je suis venu dans ce club de merde sur ordre de Rick. D'habitude, mon frère ne m'aurait jamais envoyé ici mais cette fois, Alex Cavino a dépassé les bornes. Il n'honore pas les remboursement d'un prêt important, malgré les rumeurs selon lesquelles ses affaires ne se sont jamais aussi *bien portées*.

Si nous ne réglons pas ce problème, nous donnerons un mauvais exemple et les gens croiront qu'ils peuvent nous entuber. Je suis par conséquent venu m'assurer que tout le monde sache que ce n'est absolument pas le cas. Le sang va couler ce soir, le sang d'Alex Cavino. Personne n'entube les Romano impunément, surtout pas un minable comme lui.

Je fais craquer mes articulations, convaincu qu'aucune menace immédiate ne pèse sur moi dans ce club. L'endroit est bondé et les affaires marchent bien, ce qui soulève la question fondamentale de savoir pourquoi aucun remboursement ne nous parvient depuis deux mois consécutifs. Mon flingue est plaqué contre mes côtes, sous ma veste. L'envie de le toucher me démange mais je me retiens.

Ce bouge minable sera absorbé dans notre empire à titre de remboursement à la mort de Cavino. A une époque, tuer me paraissait être une erreur. Je ne suis pas toujours l'exécutant, le plus souvent, ce sont mes hommes qui effectuent la basse besogne, mais à chaque fois que je m'y colle, je ne ressens *rien*. À chaque crime commis, je vends un autre morceau de mon âme au diable, je réduis en lambeaux l'homme que j'étais jadis.

Ainsi va ma vie, inutile de lutter contre ce que je suis ou qui je suis. Montrer un signe de faiblesse ou refuser de tuer menacerait notre famille. Ce n'est pas moi qui risquerais de faire une connerie.

Mon père disait toujours que fuir la vérité ne sert à rien. On ne change pas de nom quand on est un

Romano. Dans mon jeune âge, je ne voulais rien avoir à faire avec l'entreprise familiale. Mon père m'a vite fait changé d'avis et a fait de moi le monstre que je suis aujourd'hui. Je n'aime pas faire ce que je fais, mais je n'ai pas le choix.

— Monsieur, j'ai scanné la zone, tout est ok, déclare Jaz, l'un de mes hommes.

Je lui adresse un signe de tête, même si je l'avais déjà remarqué par moi-même. Le seul chemin vers le bar passe par les corps contorsionnés des clients qui dansent dans cet enfer. J'avance et me dirige vers le bar. Les gens s'écartent sur mon passage quand je m'aventure sur la piste de danse. Je suis habitué à ce que les gens se poussent du milieu, un des privilèges d'être le bras droit de mon frère Rick, à la tête de notre entreprise familiale.

Il y a deux tabourets libres au bar.

— Trouve-toi un coin à proximité et reste sur tes gardes, dis-je à Jaz.

— Bien monsieur, répond-il en me gratifiant d'un bref signe de tête.

Je le regarde se diriger vers le mur le plus proche et s'y adosser, tout en veillant sur moi et notre environnement. Je choisis un tabouret au bar, m'installe parmi les clients debout et assis autour. La tension est palpable et les personnes assises à proximité s'éloignent.

Parfait.

C'est la réaction dont j'ai besoin aujourd'hui. Il ne fait aucun doute que *la plupart* des gens n'ont pas oublié qui nous sommes et ce dont nous sommes capables, contrairement à Alex Cavino. Je pose mes mains à plat sur le comptoir, en quête d'un barman. Il n'y en a que deux en service ce soir et les deux sont débordés. Aucun n'a remarqué ma présence.

Encore une fois, il est impossible de ne pas se demander pourquoi ce type ne rembourse pas sa dette. L'argent coule à flots ce soir, et d'après les rumeurs, c'est toujours le cas.

Pour qui se prend-il ?

Personne ne nous la fait à l'envers, personne. De deux choses l'une : ce connard est trop prétentieux ou franchement stupide. Je ne l'ai jamais rencontré. C'est Léo, mon plus jeune frère, qui a accepté les conditions du prêt. Cavino est venu nous voir en nous suppliant de le sauver de la faillite.

— Désolé pour l'attente. Qu'est-ce que je vous sers ? demande le barman.

Je lève les yeux vers lui, c'est amusant de voir le sang refluer de son visage lorsqu'il me reconnaît. Il n'ose pas me regarder dans les yeux.

— Un whisky on the rocks, et je dois parler à votre patron sur-le-champ.

— Tout de suite, monsieur.

Ses mains tremblent alors qu'il se dirige vers les étagères du fond et attrape une bouteille de whisky vingt-cinq ans d'âge. L'homme sait qui je suis et sait également que je ne veux que le meilleur. Un garçon intelligent. Je le regarde me servir un double scotch.

— Voilà, monsieur, offert par la maison. Je vais prévenir M. Cavino, il pose le verre devant moi et je lui adresse un petit signe de tête.

Le type se tourne vers l'autre barmaid qui me tourne le dos, j'avais déjà remarqué sa silhouette parfaite. Sa chute de reins est superbe dans sa robe noire moulante. J'avais presque espéré que ce serait elle qui vienne me servir, mais je ne suis pas là pour ça.

Je ne peux pas me laisser distraire par une femme. Je n'arrive pas à apercevoir son visage par-dessus tous les autres clients qui se pressent au bar et me bloquent la vue. Je bois une longue gorgée de mon verre, j'apprécie cette boisson qui me réchauffe et m'apaise.

Je dois être en forme ce soir. Cavino est peut-être stupide, mais je ne prendrai aucun risque avec ce salaud. L'une des meilleures choses que mon père m'ait apprises, c'est de ne jamais sous-estimer ses ennemis. Il m'a appris à m'attendre à l'inattendu, je suppose que son enseignement n'a pas été totalement inutile.

C'est le principal élément qui nous a permis, à mes frères et moi, de rester en vie aussi longtemps. Mon père n'a pas eu cette chance par négligence. Je me suis toujours juré de ne jamais commettre les mêmes erreurs que lui. Sans compter qu'à la fin, il était devenu paranoïaque et a fini par se débarrasser de toutes les personnes en qui il pouvait avoir confiance.

Au moins, j'ai mes frères, enfin, mes demi-frères. Ma mère était la première épouse de notre père, elle est morte quand j'avais un an. Un an après sa mort, il s'est remarié et Rick est né. Ces deux-là sont tout pour moi, et tout ce que je fais, c'est pour assurer notre sécurité. Mon père ne m'a peut-être pas laissé le choix lorsqu'il m'a forcé à faire ce métier, mais je sais qui je suis au fond de moi, quoi que j'aie fait.

Mon père était un salaud. Il ne m'a jamais expliqué ce qui était arrivé à ma mère, une femme dont je n'ai absolument aucun souvenir. Il n'avait aucune photo d'elle à me montrer, pas même des photos de mariage, rien qu'une minuscule photo minable prise dans un photomaton que je garde constamment dans mon portefeuille. Comme si ma mère avait été rayée de la surface de la carte et connaissant mon père, je suis sûr que ce n'est pas si loin de la vérité.

Cet homme était un fils de pute sans cœur. La mère de Rick et Léo est morte dans un accident quand ils étaient jeunes. Nous pensons tous que notre père est derrière tout ça, surtout après avoir découvert qu'elle lui avait volé de l'argent et essayé de s'enfuir. Le hic, c'est que nous n'avons jamais pu le prouver. Autant dire que je n'ai pas versé une seule larme le jour de sa mort, mes frères non plus d'ailleurs.

Je ne quitte pas les barmans des yeux, notamment la belle brune au cul de rêve. Le type qui m'a servi s'éloigne du bar, m'oblige à ne plus la scruter et à regarder où il va.

Cavino pourrait bien essayer de se faire la malle, ce qui serait une *grave* erreur. Il n'y a aucune chance qu'il sorte vivant du club, mes hommes bloquent toutes les issues de ce bâtiment. Le barman jette un coup d'œil par-dessus son épaule et se dirige vers des portes battantes au fond du club. J'aperçois un escalier qui descend vers un sous-sol : parfait pour ce que j'ai prévu pour cet abruti.

Je garde les yeux rivés sur mon verre et j'attends. Le nombre de clients autour du bar a considérablement diminué, surtout depuis mon arrivée. J'ai envie de sourire en pensant au pouvoir et à la peur qu'évoquent notre nom. La peur est notre force.

Je lève les yeux de mon verre, mon rythme cardiaque s'accélère quand la superbe barmaid brune me fixe. Elle ne me quitte pas du regard, nos yeux se rencontrent et une décharge électrique se propage dans mon corps. Un frisson me parcourt l'échine devant son regard et sa beauté sublime.

Elle est bien plus jeune que je ne l'imaginais de dos, *trop* jeune pour servir de l'alcool dans un bar. Son visage est naturellement beau et elle est très peu maquillée. Ses cheveux bruns ondulés encadrent un visage en forme de cœur. Ce qui m'excite le plus ce sont ses yeux bleus pétillants qui me fixent comme si elle connaissait mon identité.

Un désir brûlant consume mes couilles, ma bite entre en érection dans mon pantalon. Comme si je n'avais aucun moyen de me contrôler, l'image de cette femme nue et attachée à mon lit m'envahit l'esprit, un fait inhabituel pour moi. Il est rare qu'une femme m'excite autant au premier regard, mais elle, c'est différent.

Une distraction, la dernière chose dont j'ai besoin en ce moment. Qui qu'elle soit, je compte bien coucher avec *après* m'être occupé de son minable de patron. Elle continue de me fixer sans broncher. Ça m'excite, mon sexe palpite dans mon caleçon moulant. Elle lèche ses lèvres pulpeuses et charnues, je bande tellement que je vais éjaculer d'une minute à l'autre.

Je pousse un soupir de soulagement quand un abruti l'appelle, la contraint à détourner ses yeux des miens. Je respire difficilement, mon cœur tambourine dans ma poitrine. J'avale une longue gorgée de scotch et finis mon verre jusqu'à la dernière goutte. Le liquide chaud me brûle le gosier. Je décide de ne plus mater la barmaid qui m'a accroché d'un seul regard, cette fille est de la dynamite.

Je dois en finir. Pas de distractions, pas avant d'avoir buté la grosse merde propriétaire des lieux. Personne ne doit croire que nous sommes devenus doux comme des agneaux. Règle numéro un : toujours faire mieux que sa réputation existante.

2

JASMINE

Je suis sur le point de raccrocher mon tablier. J'ai mal aux pieds, on n'arrête pas une seconde, la cadence est infernale. Mon beau-père insiste pour que je travaille dans ce bar pour payer ma pension, comme il dit. J'ai dix-huit ans et je ne devrais pas travailler dans une boîte. Primo, c'est illégal avant l'âge de vingt-et-un ans, mais tout ce que fait mon beau-père est illégal. Et secundo, il manque cruellement de personnel et je ne suis même pas payée.

De toutes façons, je me casse bientôt de chez lui. J'ai dégoté un emploi de stagiaire rémunérée dans un journal local d'ici la fin de l'été. Je compte mettre mon premier mois de salaire de côté pour me trouver un logement. Et puis mieux vaut se tenir à distance de ce genre d'individus, les criminels.

Alex a épousé ma mère quand j'avais onze ans et on a emménagé avec lui. C'est un tueur de bas étage qui se fait du fric en vendant de la drogue, en plus de gérer ce club pourri. Ma mère est morte l'année dernière d'une overdose de stupéfiants fournis par ses soins. Depuis sa mort, Alex me traite comme un chien et se comporte comme le dernier des salauds.

— Jasmine, murmure Ethan, me tirant de mes pensées. Son visage est blanc comme un linge et ses lèvres toutes fines et sérieuses m'affolent. Il n'est *jamais* sérieux. Un Romano veut voir ton beau-père. Je dois aller le chercher, dit-il en m'adressant un regard contrit. Tu vas devoir tenir le bar seule quelques minutes. Je reviens vite.

— D'accord, mais grouille-toi, dis-je en soupirant bruyamment

Je ne sais pas ce qui m'inquiète le plus, qu'un membre des Romano soit assis au bar, ou devoir servir tous ces clients seule.

La mafia Romano est tristement célèbre : elle dirige toute la côte est des Etats Unis. Je me demande quel larbin a été envoyé pour parler à Alex, mon beau-père.

—Une vodka avec des glaçons, s'il te plaît, ma jolie, dit un homme en m'arrachant à mes réflexions.

— Entendu, j'arrive tout de suite.

J'attrape la bouteille de vodka sur l'étagère du fond, me retourne et scrute les clients au bar. Je le vois et manque faire tomber la bouteille par terre. Il n'y a aucun doute quant à son identité : Kane Romano.

Je ne l'ai jamais vu en personne mais pas d'erreur possible vu les tatouages sur son cou et son bras gauche. Le nom du bras droit impitoyable et brutal, et frère du parrain de la mafia Rick Romano, est sur toutes les lèvres. Kane ne rendrait pas visite à quelqu'un sans que cette personne se soit mis la mafia à dos.

Dans quel guêpier Alex s'est-il fourré ?

Sa chemise blanche ajusté contient à grand peine ses muscles ondulants, j'en ai l'eau à la bouche. Kane Romano est peut-être dangereux, mais c'est l'homme le plus séduisant que j'aie jamais rencontré. Je n'ai jamais vu un homme aussi bien bâti et musclé. Sans parler de ces superbes yeux noirs dans lesquels on aimerait plonger.

Je ne devrais pas être étonnée, je le regarde comme si j'ignorais qui il est. Je me demande pourquoi je ne me fais pas toute petite devant lui comme le reste des gens ici. L'aura imposante qui émane de toute sa personne suffit à faire trembler n'importe qui.

Peut-être parce que j'ai trop peur de bouger, ou peut-être simplement parce qu'il me regarde d'une manière qui me procure un frisson d'excitation dans tout le corps. J'ai l'impression que c'est la seconde hypothèse. Cet homme m'excite avec un simple regard, j'aime ça.

Pour autant que je sache, il a quarante-quatre ans, un an de moins que mon beau-père, mais il ne fait pas son âge. Je ne me lasse pas de contempler le tatouage sur son cou, l'encre serpente sur le côté de sa tête, une authentique œuvre d'art.

J'ai la tremblote à l'idée qu'il m'emmène dans son lit et me baise. Je mords ma lèvre inférieure, c'est ridicule. Je suis vierge, et quelque chose me dit que Kane doit être tout sauf doux.

Pourquoi cette pensée m'excite ?

— Chérie, ma vodka c'est pour aujourd'hui ou pour demain ? s'écrie le mec qui a commandé.

— Désolée, j'arrive tout de suite.

Je m'approche du bar et verse un verre au gars avant de le lui donner.

— La prochaine fois, magne-toi le cul et fais ce pour quoi tu es payée, sale pute.

J'ignore l'insulte, je me retiens de rétorquer in extremis que je ne suis même pas payée pour ce boulot de merde et je lui adresse un bref signe de tête.

— Ça fera cinq dollars, s'il vous plaît.

— Pas question de payer pour cette merde, tu m'as fait attendre, *salope*.

Je serre les dents en essayant de ne pas le laisser m'atteindre. Chaque soirée apporte son lot de connards, et ce type est l'exemple-type. J'avoue avoir mis un peu trop longtemps à préparer son verre, mais ce n'est pas une raison pour ne pas payer.

— Je regrette monsieur, mais je ne suis pas en mesure de vous offrir un verre, et vous devez payer les cinq dollars.

— Quel verre ? dit-il en renversant le contenu de son verre avec un sourire.

Je regarde le verre et le mec, je me demande si ça vaut la peine de faire un esclandre, surtout pour remplir les poches de mon beau-père. Un verre de vodka ne vaut pas la peine d'en faire tout un plat. J'attrape le talkie-walkie clipsé à ma ceinture en soupirant, je vais le laisser partir sans payer mais je vais devoir le foutre dehors.

Mon cœur s'emballe quand Kane se pointe derrière le type, me scrute avec une intensité qui me donne les jambes en coton.

Ses yeux sombres et intenses qui me dévisagent me

clouent sur place. Sa main s'abat lourdement sur l'épaule du salopard.

— Paye la fille, ordonne-t-il d'une voix grave excitante.

Son regard sombre et assuré est vraisemblablement assorti d'une voix puissante. C'est dingue comme ça m'excite.

— De quoi je me mêle… dit le type en se retournant, avant de s'arrêter net en découvrant *qui* est derrière lui, pour finir par pivoter vers le bar.

Le sang a reflué de son visage, il extirpe un billet de vingt dollars et me le fourre dans la main si vite que j'ai du mal à croire qu'il ait agi aussi rapidement.

— Gardez la monnaie, lance-t-il le visage blême, à deux doigts de s'évanouir.

Kane me fixe quelques instants, mon rythme cardiaque s'accélère, mes paumes deviennent moites. Ses yeux foncés sont presque noirs dans la lumière tamisée du club, une étincelle d'autre chose que du danger brille dans son regard.

On dirait qu'un désir dantesque fait frémir mes cuisses et mouiller ma culotte, c'est incroyable. Oui, il est sublime et sa voix est une douce musique à mes oreilles, mais c'est Kane Romano. Ce type est synonyme de *mauvaise* nouvelle. Il lâche l'épaule du salopard et regagne calmement son tabouret, comme si de rien n'était.

C'est quoi ce bintz ?

Je le regarde s'asseoir avec une assurance folle, son verre à la main. Tout l'assemblée a les yeux rivés sur lui. En fait, depuis qu'Ethan est parti chercher Alex, la foule s'est considérablement dispersée au bar, et c'est tant mieux. Je suis quasiment convaincue que la présence de Kane n'y est pas étrangère.

Le côté menaçant qui émane de toute sa personne fait fuir les gens. Trois mots ont suffi pour que ce mec paie l'addition. Pour être franche, le gars aurait compris le message même s'il n'avait rien dit.

Pourquoi m'aiderait-il ?

Ethan revient, les yeux légèrement écarquillés. Il se dirige directement vers moi, ignore Kane qui l'observe en étrécissant ses yeux.

— Jasmine, on est dans la merde. Alex veut que tu descendes tout de suite, dit-il en fourrant une main dans ses épais cheveux noirs. Il prévoit de se barrer.

— N'importe quoi, tu ne peux pas fuir cette foutue famille Romano, elle gère toute la côte Est, je murmure, en colère.

— Ecoute, dit-il en haussant les épaules, il veut que tu descendes maintenant, je ne fais que transmettre.

— Qui va tenir le bar ?

— Il n'a pas prévu que je parte avec lui, dit-il avec un nouvel haussement d'épaules

La peur absolue se lit dans ses yeux, mon ventre se noue à l'idée de laisser mon meilleur ami en plan. Le laisser ici équivaut à le condamner à une mort certaine, voire pire. Ils pourraient décider de le torturer pour obtenir des informations sur mon beau-père.

— Je vais aller lui parler et le raisonner. On ne fuit pas les Romano à moins d'avoir envie de mourir.

— Eh bien, bonne chance. Ce type est prêt à tout pour s'échapper.

— Je te retrouve dans quelques minutes.

Ethan pivote vers le bar, pas franchement convaincu.

Je regarde instinctivement Kane qui m'observe les yeux mi-clos, il se doute qu'il se trame quelque chose. J'ai la nausée. Ce type n'est pas stupide et a probablement régulièrement affaire à des abrutis comme mon beau-père. Il a demandé à voir Alex et Ethan est revenu sans lui. Il va vite comprendre son petit jeu.

Je me détourne et garde les yeux rivés au sol, je me fraie un passage sur le côté du bar et me dirige vers les portes du sous-sol. Une sensation glaciale me hérisse la nuque, je sais qu'il me suit sans avoir besoin de vérifier derrière moi.

J'arrive aux portes battantes et j'hésite un instant. Je conduis cet homme directement à mon beau-père qui s'est mis la mafia Romano à dos, fuir est la pire des solutions. Je pousse rapidement la porte et jette un coup d'œil en direction du bar.

Kane me suit tranquillement, escorté par ses deux hommes quelques mètres derrière. Ses yeux me transpercent, je frissonne.

Je ne vois qu'une seule issue : une effusion de sang au sein du club. J'espère juste que ce n'est pas le mien qui coulera.

Dans quel merdier Alex a bien pu se fourrer ?

3

KANE

Ma mâchoire se crispe en voyant la superbe brune sortir de derrière le bar. Alex n'a pas l'intention de venir me voir de son plein gré, il mijote quelque chose. Je ne vais pas rester planté là à attendre de le découvrir. J'ai déjà croisé des imbéciles comme Cavino, qui essaient de se faire la malle en catimini, ça ne se termine jamais bien.

Je descends de mon tabouret et emboîte le pas à la barmaid, impossible de ne pas l'admirer. La façon dont cette fille soutient mon regard, comme si elle ignorait qui je suis, m'excite.

Mes couilles picotent à l'idée d'éjaculer, je parcours sa silhouette des yeux. J'ai une vue de rêve sur sa robe noire moulante qui épouse ses formes, ses fesses parfaites notamment, sans oublier ses talons hauts qui font délicieusement se balancer ses hanches.

Tout porte à croire qu'Alex va fuir, cette fille compte probablement puisqu'il lui a demandé de le rejoindre.

Elle s'arrête en haut de la cage d'escalier et me regarde. Ses yeux s'écarquillent lorsqu'ils croisent les miens.

Elle ne sera pas blessée à moins qu'elle ne se mette en travers de mon chemin. La colère me gagne à l'idée de blesser une aussi belle créature, ce qui me déplairait *grandement*. Mes hommes restent près de moi tandis que j'ouvre la porte et que je sors mon arme de sous ma veste.

Je jette un coup d'œil à Jaz, lui aussi a dégainé son arme.

— Personne ne tire sans mon autorisation, j'ai l'impression que Cavino essaie de se tailler.

Jaz et Karl acquiescent, j'entame la descente des marches du sous-sol. Plus nous descendons, plus le son des basses s'étouffe et plus un flot d'adrénaline déferle.

C'est toujours la même rengaine quand je m'apprête à tuer ou à me battre. L'adrénaline et le sang qui déferlent dans mes veines me mettent à cran, je perdrai mon sang-froid quand Cavino se retrouvera pris au piège.

L'obscurité du sous-sol nous engloutit mais la lumière qui brille devant nous montre notre destination, son repaire sans doute. Je ne suis pas certain qu'Alex bénéficie d'une protection très rapprochée, mais je suis certain qu'aucun de ses hommes ne serait assez stupide pour s'opposer à moi, à moins de vouloir être assassiné par le reste de ma famille.

Aucune trace de la brune, qui a déjà dû franchir la porte d'en face. Je ne comprends pas pourquoi elle m'a fait cet effet aussi rapidement. Mon rythme cardiaque s'accélère à cause de ce que je m'apprête à faire mais aussi parce que j'ai envie de la revoir.

Je m'arrête devant la porte et j'essaie de comprendre ce qui se dit de l'autre côté. Les voix sont trop étouffées, on dirait un homme et une femme qui se disputent.

J'adresse un signe de tête à mes deux hommes et je fais irruption dans la pièce, mon arme pointée sur la première personne que je vois, la barmaid. Ses yeux s'écarquillent et elle lève les mains en l'air en tremblant un peu. Alex se tient à ses côtés, je pointe mon arme vers lui en le regardant méchamment.

Au moment où j'entre, il *hurle* comme un sale lâche et devient pâle comme un linge.

— M. Romano, que me vaut ce plaisir ? il balbutie en regardant le sol.

— Arrête tes conneries, Alex, dis-je en me rapprochant. Tu sais exactement pourquoi je suis ici. Des sacs de billets sont empilés près de la porte. Tu vas quelque part ?

— Absolument pas.

La barmaid s'éloigne en direction du mur sans me quitter des yeux. J'adresse un signe de tête à Jaz pour qu'il s'éloigne et la retienne, je me crispe quand il l'attrape par l'épaule et l'attire contre lui. Allez savoir pourquoi qu'un autre homme la touche me met hors de moi, mais je suis reconnaissant qu'elle reste en arrière et hors de mon chemin.

— Où est notre argent, Cavino ? je demande en m'approchant, mon arme pointée sur sa tête. Tu n'as pas acquitté tes deux dernières mensualités.

Ce sale lâche pleurnichard tombe à genoux en gémissant.

— Je suis désolé, les affaires sont...

— Les affaires sont florissantes, ce soir en est la preuve, dis-je regardant les sacs de billets. Et voici les sacs pleins de fric avec lesquels tu comptais te tailler.

— Je n'allais nulle part, je vous assure, déclare Alex en secouant vivement la tête.

J'avance de quelques pas et me retrouve devant Cavino, que je toise de toute ma hauteur. Ma main se referme sur son cou et je le force à me regarder.

— Arrête tes mensonges, je suis venu te saigner comme un porc, dis-je, mécontent. Personne ne truande la famille Romano et s'en sort indemne.

Il se met à bafouiller alors que je resserre ma prise sur sa gorge.

— Je vous en supplie, je vous donnerai tout ce que vous voulez, pleurniche-t-il.

Je lâche sa gorge et il reprend son souffle. Je me retourne et croise les yeux bleus étincelants de la belle brune. Elle est un peu secouée mais n'a pas l'air trop préoccupée par le fait que je vais tuer son patron. Qu'il se comporte comme un sale con avec elle ne m'étonnerait pas.

— Prenez-la, si elle est à votre goût. C'est ma belle-fille, je vous la donne pour me faire pardonner, se lamente Cavino, de nouveau à genoux.

Sa belle-fille.

Quel homme donnerait sa belle-fille à la mafia ?

Mes yeux parcourent instinctivement son corps, j'admire ses courbes opulentes. Ses seins sont parfaitement mis en valeur dans sa robe noire moulante au décolleté plongeant et aguicheur, il y a du monde au balcon et ma bite palpite.

Qu'est-ce qui se passe avec cette femme ? Impossible de me contrôler en sa présence.

Ma part d'ombre aimerait dire *oui* à Cavino. Je veux posséder cette femme sublime. Il y a longtemps qu'une fille ne m'a pas fait autant d'effet. Je contemple à nouveau ses yeux mais elle ne me regarde pas.

Ses yeux rivés sur Alex brûlent d'une haine viscérale. On m'a envoyé ici pour tabasser ou assassiner cet homme mais on dirait que son beau-père est le cadet de ses soucis. Rick m'a laissé le soin de décider. Je pensais avoir déjà pris ma décision quand je suis entré dans ce club. J'étais sûr de le zigouiller.

Sa proposition est franchement intrigante. Quelque chose de primitif s'éveille en moi à l'idée de *posséder cette fille*. D'habitude, je suis opposé à ce que les gens possèdent des femmes. Elles ne sont pas des objets que l'on possède, même si c'est monnaie courante au sein de notre organisation.

Mes couilles se contractent à l'idée de la ramener chez moi et de la baiser non-stop. Ce n'est pas normal, je suis certainement assez âgé pour être son *père*.

Je me racle la gorge en réalisant que j'observe la fille depuis tellement longtemps qu'elle a viré au rouge vif, ce teint la rend encore plus aguichante, je me demande jusqu'où s'étend le rougissement. Elle aimerait peut-être que je la domine au lit. Je suis peut-être un criminel, mais je ne baise pas les femmes qui se refusent à moi. Elles doivent me *supplier*, c'est ça que j'aime.

L'imaginer en train de me supplier rend ma bite déjà dure encore plus dure. Je serre les poings et me tourne vers Alex. Ses yeux sont ronds comme des soucoupes en voyant mon expression, probablement un mélange de désir et de rage. Ce type n'a pas le droit de donner sa belle-fille, une option que j'envisage cependant.

— Je suis heureux de vous l'offrir ainsi que tout l'argent que je vous dois, avec les intérêts, déclare Alex, tremblant comme une feuille. Je vous en supplie, je ferai tout ce que vous me demanderez.

Mon esprit et mon corps se livrent un combat sans merci. Cet brute de Kane Romano ne recule *jamais*. Mon intention était de le tuer.

Alors pourquoi diable j'envisage de laisser ce lâche vivre pour *m'emparer* d'elle ? Je me rapproche de lui et domine sa carcasse recroquevillée. Pour être honnête, je pourrais probablement le tuer et la kidnapper, mais cela me ferait passer pour un monstre à ses yeux, et pour une raison que j'ignore, sa façon de me percevoir m'importe.

— Quel âge a-t-elle ?

— Dix-huit ans, murmure-t-il en mordillant sa lèvre.

Merde alors, ma bite tressaute. C'est plus grave que je le craignais. Cette femme – ce n'est pas une fille – a la moitié de mon âge, j'ai quarante-quatre ans. Je n'ai pas le droit de la désirer, mais ce ne serait pas le pire. Elle aimerait peut-être m'appeler *Maître* pendant que je l'attache à mon lit et que je lui administre une bonne fessée.

Putain.

Cette idée perverse me donne envie de me vider les couilles. En général, je n'aime pas les femmes jeunes, elles sont immatures et ne supportent pas mes goûts.

Jasmine Cavino fait battre mon pouls plus vite qu'il n'a battu depuis des années, et je ne lui ai pas adressé plus de deux mots, pour le moment.

J'ai l'habitude que les femmes m'appellent Monsieur ou Maître, une pratique courante entre dominant et esclave. Pour une raison étrange, la chose me semble encore plus perverse vu la différence d'âge.

C'est quoi mon problème ?

Je me tourne vers elle et il me faut tout mon self-control pour ne pas l'attraper et embrasser ces lèvres parfaites et pulpeuses ici et maintenant. Je rêve de goûter à sa douceur. C'est une vraie déesse, plus belle que toutes les femmes sur lesquelles j'ai posé les yeux.

Sa bouche est ouverte, son regard écarquillé passe de moi à son crétin de beau-père, comme si elle venait de comprendre de quoi il retournait. Comme si elle venait de réaliser que son beau-père envisage de la livrer à la famille mafieuse la plus violente d'Amérique du Nord.

En toute franchise, cette perspective ne l'emballe visiblement pas autant que moi.

4

JASMINE

J'ai toujours su que mon beau-père était un salaud, mais aujourd'hui, ça dépasse les bornes. L'homme derrière moi resserre sa prise sur mon épaule alors que j'essaie de me libérer. L'angoisse ne fait que s'installer face aux insinuations de mon beau-père.

— Tu comptes me laisser sortir d'ici avec ta belle-fille ? demande Kane, en me regardant comme si j'étais un vulgaire bout de viande.

— Oui, répond Alex, elle est à vous, et je vous rembourserai tout ce que je vous dois plus les intérêts, ne me tuez pas, par pitié.

Enfoiré de merde.

— Je ne suis pas à vendre, je lâche en fixant la mauviette à genoux.

Kane se rapproche de moi, me force à relever le menton et lever les yeux vers lui. La domination qui se dégage de tout son être fait trembler mes genoux malgré moi. Je me mords la lèvre et soutiens son regard, je m'efforce de ne pas lui montrer ma peur. J'ai l'impression qu'il se nourrit de la peur des autres.

Je finis par céder et baisser les yeux, subjuguée. Il tend la main vers mon visage et je m'éloigne, dans une tentative de me soustraire à son contact. Il attrape mon menton fermement mais doucement, m'oblige à rencontrer son regard brûlant.

— Pourquoi donner ta belle-fille ? demande-t-il en me transperçant du regard.

— Je n'ai rien d'autre à offrir. Jasmine est très travailleuse et serait parfaite derrière un bar ou à faire n'importe quoi. Elle est plutôt jolie, je suis sûr qu'elle pourrait être utilisée à *bon escient.*

J'ai envie de vomir quand je réalise qu'il suggère de me faire travailler dans le commerce du sexe. Pour autant que je sache, la famille Romano s'occupe de drogue et d'armes, pas de trafic d'êtres humains ni de prostitution. Du moins, je l'espère.

— Je suis certain qu'elle serait prête à montrer ses atouts ici et maintenant. Jasmine, déshabille-toi, aboie Alex en me regardant.

Son ordre déclenche une peur qui me glace. La main de Kane, toujours sur la courbe de mon visage, me retient, le contact étrangement réconfortant calme ma nervosité.

Un grommellement sourd monte de sa poitrine, il pivote vers mon beau-père.

— Cavino, tu es la pire ordure que j'aie jamais rencontrée.

Alex frissonne, baisse la tête et reste à genoux, saloperie de lâche.

— Je veux uniquement vous prouver que mon offre est alléchante, dit-il la tête basse. Jasmine, montre-leur tes atouts, ma chérie.

Ma chérie ? Il se moque de moi là ? Cet homme est mort pour moi.

Je ne bouge pas. Je ne peux pas. Il est hors de question que je me déshabille devant *tous* ces hommes, y compris mon beau-père. Je ne me suis jamais retrouvée nue devant un homme.

— Ne l'écoute pas, grogne Kane en se tournant vers moi et en me fixant. Garde tes vêtements.

Je suis surprise par la véhémence et l'insistance de Kane pour que je reste habillée. A vrai dire, je m'attendais à ce qu'il se comporte lui aussi comme un sale porc, à l'image de mon beau-père. La famille Romano est tout sauf une famille à la moralité douteuse. Ils sont raffinés, riches comme Crésus et plus puissants que n'importe quelle famille mafieuse des États-Unis.

La bouche d'Alex se ferme et il se met à trembler. Je n'ai encore jamais vu personne mourir mais vue la façon dont Kane regarde Alex, je sens que ça ne va pas tarder. Je ne ressentirai aucun chagrin s'il est abattu, mais je ne suis pas sûre de vouloir être témoin de sa mort.

Cet homme n'a jamais vraiment été un père pour moi. Tout ce qu'il a fait depuis qu'il a épousé ma mère, c'est se servir de moi, et voilà qu'il m'offre en monnaie d'échange. Ça dépasse l'entendement.

Les yeux de Kane rencontrent à nouveau les miens et je retiens mon souffle, j'attends sa réponse. C'est vraiment un homme peu loquace. Ces yeux sombres, presque noirs, fouillent encore brièvement les miens, une sensation de chaleur m'inonde. Cet homme me trouble et me perturbe.

— Tu as l'argent nécessaire pour payer ta dette et les intérêts aujourd'hui ? demande Kane, sans se tourner vers Alex.

— Oui, dans ces sacs.

Kane détourne le regard et je souffle enfin, je n'avais pas réalisé être en apnée depuis tout ce temps. Je le regarde se diriger vers les sacs de billets entassés par terre et prendre les deux sacoches. Il en jette une à l'un de ses hommes puis revient vers moi et le gars derrière lui.

— Compte l'argent et vérifie que tout y est.

La main du type quitte mon épaule et je m'affaisse de soulagement. Soudain, les mains de Kane se glissent sur mes hanches, m'empoignent fermement de manière possessive, un éclair de désir me traverse. Je ferme les yeux, j'essaie de contrôler ma réaction face à cet homme.

Il reste silencieux en me serrant dans ses bras et en regardant ses hommes compter l'argent. Leur tâche achevée, ils se tournent vers lui et lui adressent un signe de tête en restant bouche cousue. Alex est toujours recroquevillé au sol, une scène pathétique.

— On dirait que tu as sauvé ta peau aujourd'hui, Cavino, dit-il en gardant ses mains sur mes hanches et en me forçant à avancer. Je prends ta belle-fille et l'argent en échange de ta vie, déclare-t-il en jetant un coup d'œil à ses hommes, mais tu vas payer pour ça.

Il adresse un signe de tête à l'un des hommes, qui s'avance. Je tressaille d'impatience à l'idée de voir mon salaud de beau-père se prendre une bonne raclée, mais Kane me repousse.

— Non, pitié... j'ai remboursé ma dette et je vous ai donné ma *belle-fille*, pleurniche Alex.

— Personne ne baise la famille Romano et s'en sort sans une égratignure, dit Kane. Je pars avec la fille, je vous retrouve tous les deux à la maison, dit-il à ses hommes.

Ils grommellent leur assentiment tandis que Kane me force à franchir la porte et remonter les escaliers. Je me débats pour essayer de me libérer. Les cris et hurlements de mon beau-père résonnent dans le couloir pendant qu'ils le passent à tabac.

— Vous n'avez pas le droit. Je ne lui appartiens pas. Lâchez-moi, pour l'amour du ciel, dis-je en me tortillant pour me débarrasser de sa poigne vigoureuse.

La main de Kane se resserre sur mon bras, il s'arrête et s'approche de mon oreille.

— Chérie, tu ferais mieux d'arrêter de te débattre et de te faire à l'idée que tu m'appartiens désormais, grogne-t-il.

Sa déclaration me fait frémir de désir, c'est grotesque, vu la situation. La décharge d'adrénaline exacerbe peut-être mes cinq sens.

J'arrête de me débattre et je mets un pied devant l'autre. Ce n'est pas la première fois que je me retrouve dans une situation dangereuse. D'aussi loin que je me souvienne, ma mère a toujours vécu ce style de vie et s'est retrouvée mêlée à ces cercles criminels malfamés. Je n'ai jamais connu mon père. Apparemment, c'était un drogué, comme ma mère. Quand elle a fait la connaissance d'Alex, elle semblait reprendre sa vie en main, jusqu'à ce que je découvre de quoi il vivait.

Kane sent les pins et le musc, une odeur étrangement réconfortante, il m'entraîne directement vers la porte arrière du club, il ne veut évidemment pas attirer l'attention sur mon enlèvement. Comment mon beau-père a-t-il osé me donner à cet homme ? Je n'ai que dix-huit ans.

Deux SUV noirs aux vitres teintées sont garés dans la ruelle. Kane ouvre la portière arrière de l'un d'eux, me regarde et me lâche pour me permettre de monter.

— Monte, ma beauté.

Je regarde brièvement lui et la voiture. Si je pars avec, ma vie est fichue. Je m'en fous. En une fraction de seconde, je détale dans la direction opposée, je profite qu'il m'ait lâché le bras.

— Putain, grogne Kane derrière moi.

Des bruits de pas sourds se font entendre, je le sais lancé à ma poursuite. Je commets l'erreur de regarder derrière moi, la manœuvre me ralentit. Trois pas de plus, et ses mains qui se referment sur mon épaule m'obligent à m'arrêter.

Ses bras vigoureux enlacent ma taille, il m'attire contre son corps dur et musclé.

— Ne fais pas l'idiote, Jasmine. Je pense que tu es une fille intelligente, tu sais que m'obéir est la meilleure solution pour *toi.*

Je serre les cuisses, l'homme dangereux qui me retient m'excite malgré moi.

Je déglutis péniblement et jette un coup d'œil en direction du SUV. Il a raison. Tout ce que j'ai entendu à son sujet et à propos de la mafia Romano me porte à croire que je dois obéir. Sinon, c'est la mort assurée. Je suis réellement en danger maintenant, un danger bien pire que tout ce que ma mère nous a fait subir quand j'étais enfant. Quand on fricote avec la mafia, c'est à la vie à la mort.

Le chauffeur est descendu de voiture et s'approche de nous.

—Vous avez besoin d'un coup de main, Monsieur ?

Kane serrent ses bras autour de ma taille, ma culotte remonte au niveau de ma taille.

— Non, ça ira.

Je sens quelque chose de dur et d'épais contre mes fesses, je mouille davantage.

Je *couine* quand il me soulève, me jette par-dessus son épaule et retourne en direction de la voiture.

— Lâchez-moi, je crie en essayant de me dégager. Je sais marcher, vous savez.

Sa main sur ma cuisse nue m'échauffe les sangs. J'ai l'impression d'être en feu.

Il me fait monter manu militari à l'arrière de la voiture, se glisse à côté de moi et ferme la portière. Le verrouillage automatique s'active, je me retrouve coincée avec lui.

Il pose sa main sur ma cuisse, une main ferme et possessive. Je tressaille légèrement, mélange d'excitation et de peur.

— Ne t'inquiète pas, Jasmine. Je ne te ferai aucun mal, dit-il en me regardant presque gentiment.

— Je ne vous crois pas. Vous êtes Kane Romano.

— Exact, je suis Kane Romano, dit-il en s'esclaffant, mais je ne fais pas de mal aux femmes.

Je plisse les yeux et entrouvre légèrement les lèvres en réalisant à quel point nous sommes proches l'un de l'autre.

— Et si une femme vous la fait à l'envers ?

— Je demande à l'un de mes hommes de s'en occuper, lance-t-il en penchant la tête.

L'effroi me terrasse, la nausée menace. Soudain, mon excitation a entièrement disparu, comme si sa déclaration m'avait ôté ces idées débauchées de la tête. Le moteur de la voiture vrombit et nous partons.

Que va-t-il m'arriver ?

— Ça va ? Tu trembles.

Kane prend ma main et m'attire plus étroitement contre lui.

Je n'avais pas remarqué à quel point je tremblais, mes mains tremblotent. Je n'ai jamais peur en temps normal, pas après tout ce que j'ai vécu avec ma mère, mais là, c'est différent. L'idée d'être vendue à des trafiquants d'êtres humains est le summum de l'horreur.

La déferlante de peur est impossible à maîtriser, tout mon univers vole en éclats. D'accord, ma vie n'était pas vraiment folichonne avant que mon beau-père ne m'offre en cadeau à cet homme, mais j'étais libre.

Ma respiration s'affole, ma tête tourne, mon corps frémit de peur. J'essaie désespérément de réguler ma respiration en me concentrant pour retrouver mon self-control. Je vais faire une crise de panique sans aucun espoir de l'endiguer. Mon cœur bat la chamade lorsque la main de Kane se pose sur mon dos, il me masse doucement en effectuant des cercles apaisants, le geste me permet de respirer plus facilement.

Je me concentre sur sa main et ses mouvements rassurants, ma respiration se calme et la crise de panique qui me guette s'estompe. Ce geste aurait dû m'effrayer mais pour une raison inexplicable, cet homme parvient à me calmer, personne n'y est jamais arrivé.

— C'est ça, respire à fond, murmure-t-il.

Sa voix apaisante a des vertus décontractantes.

— Qu'allez-vous faire de moi ? je demande en regardant ses yeux sombres.

— Ne t'inquiète pas, dit-il avec un sourire aux lèvres, tu ne cours aucun danger avec moi, je te le promets.

Je veux le croire, je crois qu'une partie de moi le croit, ses yeux semblent gentils maintenant, tout le contraire de ce que j'ai entendu à son sujet.

— Combien de temps comptez-vous me garder ?

Il presse doucement ma cuisse.

— *Pour toujours*, ma chérie.

Soudain, j'ai l'impression que la pièce se met à tourner, c'est reparti pour une crise de panique, j'ai du mal à respirer. Il ne peut pas me garder éternellement. C'est impossible.

Qu'est-ce que mon beau-père a fait ?

Ma vision s'obscurcit, c'est la dernière chose dont je me souviens.

5

KANE

— Qu'est-ce que tu as fait ? demande Rick en arpentant son bureau, ses muscles se contractent sous son costume de créateur.

Je n'envie pas le moins du monde mon frère et son rôle. Le poids de sa couronne pèse lourd. Bien que Rick soit mon cadet de deux ans, il a toujours eu une capacité naturelle à diriger, moi, j'avais des aptitudes naturelles pour me battre et gagner. Il était le candidat idéal pour endosser le rôle de parrain quand notre père a été assassiné.

Rick est plus intelligent et plus calculateur. Léo, notre jeune frère adossé contre la bibliothèque, nous observe avec un sourire amusé. Lui est le mélange de nos deux compétences. Il sait comment se débrouiller en pleine bagarre, mais il est aussi vif et intelligent.

- Alex Cavino me l'a proposée, alors je l'ai prise, dis-je en haussant les épaules.

Rick arrête de faire les cent pas et me lance un regard noir.

— Nous ne *possédons* pas de femmes, Kane. Qu'est-ce qui t'a pris ?

Je réfléchis à sa question, la réponse n'est pas celle qu'il a envie d'entendre. Je n'ai *pas* réfléchi, pas vraiment. J'avais la bite à la place du cerveau quand j'ai accepté le marché de Cavino et ramené sa belle-fille chez moi.

Elle est enfermée dans ma chambre à l'étage après s'être évanouie dans la voiture. Pas vraiment la réaction idéale quand on annonce à une femme qu'on veut la garder pour toujours. J'ai dû la porter là-haut.

— Pourquoi refuser un cadeau, surtout une jolie femme ?

Rick grommelle avant de pivoter et s'asseoir à son bureau.

— Je dois réparer ce gâchis d'une façon ou d'une autre, dit-il en passant une main dans ses cheveux bruns aux reflets dorés. Quel homme donne sa propre belle-fille à la mafia ?

— Un lâche, dit Léo en s'avançant.

— C'est vrai, dis-je en acquiesçant, un lâche minable pleurnichard qui se chie dessus, elle est mieux avec moi, je déclare en haussant les épaules.

— Que comptes-tu faire d'elle ? demande Rick en soupirant bruyamment et en plantant ses yeux sombres dans les miens.

J'humecte ma lèvre inférieure et croise les bras sur ma poitrine, mes petits fantasmes la concernant se bousculent dans mon esprit.

— Je vais la garder pour mon usage personnel.

— On dirait que tu as le béguin pour ce joli p'tit cul tout juste majeur, s'esclaffe Léo.

— Fais gaffe, Léo. Tu ne voudrais pas que je te botte le cul ici et maintenant, n'est-ce pas ? dis-je remonté contre mon frère, les poings serrés.

—Je plaisante, frérot, dit-il en me donnant une tape dans le dos, tout sourire.

Il blague constamment mais avec Jasmine, je ne plaisante pas. Rick garde le silence et se contente de me regarder les yeux mi-clos.

— Pourquoi elle t'intéresse ?

— Qu'est-ce que tu crois ? Je veux voir si je peux faire en sorte que cette fille me supplie, je suis possessif et je déteste qu'on m'interroge sur mes intentions, je marmonne.

— Je ne suis pas sûr qu'elle veuille d'un *vieux* comme toi, dit Léo en éclatant de rire.

Il essaie de m'énerver et de m'atteindre, il excelle à ce petit jeu. Je contracte les poings mais je ne prends pas la peine de répondre. Elle voudra de moi. Je la rendrai si accro à ma bite qu'elle me suppliera de la lui donner.

Je n'ai pas envie de coucher avec une femme pas totalement consentante. Mes goûts me poussent à faire en sorte qu'une femme se soumette et me laisse dominer son corps. Je veux qu'elle me laisse la faire se sentir bien, du jamais vu.

— Très bien, tu peux la garder, accepte Rick.

La permission de mon frère me procure un étrange soulagement. Nous sommes peut-être frères, mais Rick est le parrain de la mafia, sa parole est d'or.

— Ecoute Kane, je n'ai pas envie que tu prennes l'habitude de garder des filles comme animaux de compagnie, dit Rick.

— Arrête de jouer au con, je ne la garde pas comme un animal domestique, dis-je en secouant la tête. Je lui donnerai tout ce qu'elle voudra et je la traiterai avec respect. Je ne la forcerai pas à faire quoi que ce soit contre sa volonté.

— Se retrouver enfermée dans ta chambre en ce moment-même contre sa volonté fait d'elle ton animal de compagnie. C'est la première et la dernière fois, on ne retiendra plus de femmes captives après elle, déclare Rick.

Je ne comprends pas pourquoi, mais l'idée de posséder une autre femme après Jasmine me met en rogne. Pour une raison bizarre, c'est elle que je veux, et personne d'autre. Qu'est-ce qui me prend ?

Je suis sûr que l'attrait de la nouveauté s'estompera quand j'aurai brisé ses défenses et qu'elle se soumettra, qu'elle sera *mienne*. A vrai dire, je n'en suis pas tout à fait sûr, je n'ai jamais ressenti ça avant. Mes poings se serrent, ma mâchoire se contracte, mais je garde mon sang-froid. Ce n'est pas le moment d'attirer l'attention sur mes sentiments douteux envers cette fille que je ne connais même pas.

— Il faut vraiment que tu te calmes, mon frère, dit Léo en me donnant une tape dans le dos.

— Et toi il faut vraiment que tu arrêtes de me toucher, je me crispe et lui adresse un regard noir.

Il écarquille les yeux et recule d'un pas en levant les mains. Il connaît les signes avant-coureurs. L'homme des cavernes qui sommeille en moi s'est libéré, je bouillonne d'une rage brûlante indomptable.

Rick se lève de son siège et contourne son bureau pour se diriger vers moi.

— Léo a raison, tu dois vraiment te calmer. Mais dis-moi, tu comptes faire quoi avec cette femme exactement ?

- Je te l'ai dit, je compte la garder pour moi, dis-je les dents serrées.

— À quel titre ? demande Rick.

Je me frotte la nuque, j'essaie de me contrôler. Rick est mon frère cadet mais il est plus gradé que moi, et je dois tenir ma langue.

— En tant que femme.

— Une sorte de petite amie ? demande Rick, les yeux ronds.

— Oui, exactement, elle sera *constamment* avec moi. *A moi*. Le premier qui la touche, il est mort, je marmonne.

Rick s'approche et pose une main sur mon épaule.

— Ressaisis-toi, frérot. Quelque chose m'échappe, tu viens tout juste de faire sa connaissance, tu sais à quel point il est dangereux de montrer qu'on s'intéresse à quelqu'un. C'est une faiblesse exploitable par n'importe qui. Personne d'autre que nous ne doit être au courant de tes sentiments, déclare Rick en m'adressant un signe de tête à Léo.

Rick a raison. Jasmine m'a bouleversé comme personne, et je ne peux même pas envisager de la laisser partir. Comme si c'était mon objectif. Mon comportement avec elle en public devra être différent, même si être distant envers elle me chagrine. Cette fille m'a ensorcelé et je ne la connais que depuis deux heures. C'est ridicule.

Mon père m'a toujours rappelé ses règles, dont celle de ne s'occuper de personne hormis sa propre famille.

Comment puis-je penser de la sorte ? Je n'ai pas eu de copine depuis le lycée. Je passe une main sur mes cheveux courts.

— Je sais, dis-je en laissant échapper un long soupir. Je ferai gaffe, promis.

Rick me dévisage brièvement avant d'acquiescer.

— N'oubliez pas notre réunion demain matin avec tout le monde, à toi de décider si tu l'amènes ou pas. Le cas échéant, elle restera ici, mais sans surveillance.

— Je viendrai sans elle, dis-je en adressant un signe de tête à mon frère.

Un regard complice brille dans les yeux de Rick. Je viens à peine de la rencontrer, la laisser ici sans surveillance est plus sûr que de l'emmener à une réunion. Jasmine sait déjà qui je suis et de quoi je suis capable. Elle n'a pas besoin de voir le vrai pouvoir de la mafia Romano, pas encore. Notre réunion hebdomadaire avec le reste des membres se solde toujours par des meurtres.

La laisser voir cette facette de ma personnalité, alors que nous venons à peine de nous rencontrer, me donne la nausée mais peu importe, je sais au fond de moi que cette fille est faite pour moi. Elle m'a regardé sans aucune crainte à l'arrière de la voiture aujourd'hui. Elle était intriguée et légèrement excitée, du moins jusqu'à ce qu'elle s'évanouisse quand je lui ai appris qu'elle m'appartenait *pour toujours*.

Je serre les poings, cette réaction me contrarie. J'ai envie que Jasmine soit ma femme, mais elle n'est pas du même avis.

Elle était pourtant excitée au début. Je l'ai bien vu, ses lèvres se sont légèrement entrouvertes et ses joues se sont teintées d'un joli rose. Cette fille me désire, ce sera toujours le cas quand elle comprendra que je suis un être monstrueux ?

6

JASMINE

J'ai l'impression d'être enfermée dans cette pièce depuis des heures, à scruter le plafond. Je me suis évanouie dans la voiture de Kane et je n'ai pas bougé jusqu'à ce qu'il me transporte ici, j'ai gardé les yeux fermés, je voulais lui cacher que j'étais réveillée.

Ce grand lit est extrêmement confortable, bien plus moelleux que mon matelas chez Alex, mais impossible de dormir, je suis trop nerveuse.

Qu'est-ce que Kane Romano va faire de moi ?

Alex est mort, pour moi. J'aurais presque préféré que Kane soit le monstre brutal dont j'ai entendu parler et qu'il le tue, de toute façon. Ce fils de pute m'a livrée à la mafia Romano. J'ai été échangée contre Dieu sait quoi, certainement de la prostitution. Y penser me glace jusqu'aux os. Je suis vierge, et ma première fois risque d'être en faisant la pute.

Je sursaute quand la porte se déverrouille. Je grimpe sur le lit et je m'enveloppe dans la couette, je suis à moitié nue, comme si la couverture pouvait me sauver de l'inévitable. Je ne porte que mon soutien-gorge en dentelle et mon string, je n'ai pas de chemise de nuit.

La silhouette imposante de Kane se matérialise dans l'embrasure de la porte. Ses yeux rencontrent instantanément les miens, le désir sauvage qui y brûle m'échauffe les sangs.

Au bout de quelques secondes de silence, je n'en peux plus.

— Qu'allez-vous faire de moi ? je demande sèchement.

Il sourit aimablement, se retourne et ferme la porte. Je me lève d'un bond et me précipite vers la porte de la salle de bains lorsqu'il enlève sa cravate et commence à déboutonner sa chemise. Non pas que cela me serve à grand-chose.

J'ai déjà examiné la chambre sous toutes les coutures, il n'y a absolument aucune issue. J'ai envisagé d'essayer de m'échapper par la fenêtre, mais on est au troisième étage et il n'y a nulle part où s'accrocher, je garderai cette tentative pour la fois ou je serai vraiment désespérée.

Je l'observe avec méfiance tandis qu'il enlève sa chemise. Mon rythme cardiaque s'accélère en découvrant son torse nu et musclé, des tatouages noirs serpentent sur son bras gauche. Cette vision me fait atrocement souffrir, c'est du n'importe quoi.

Comme si mon corps et mon esprit étaient deux entités totalement distinctes en ce moment, mais c'est le premier homme que j'approche à moitié nu, et c'est un vrai dieu. Kane m'a enfermé dans cette pièce et j'ai *envie* de lui.

Sans compter qu'il est assez vieux pour être mon père. Une pensée coquine m'envahit et je sens le rouge me monter aux joues. Je me demande s'il aimerait que je l'appelle *Maître* pendant qu'il me déflore.

Qu'est-ce qui ne va pas chez moi ?

Il s'approche du lit et tout mon corps se crispe. Une peur viscérale me gagne, je tremble. Je ne peux pas rester là à attendre qu'il me viole. Je préfère me lever et je recule, j'oublie que je suis en sous-vêtements.

Kane me regarde d'un air légèrement interrogateur, retire ses chaussures et déboutonne son pantalon. Son regard torride examine lentement tout mon corps, monte et descend, je me consume comme de l'amadou.

Il baisse son pantalon sur ses cuisses musclées et je ne peux m'empêcher d'écarquiller les yeux. Une énorme protubérance se dessine sous son caleçon moulant, souligne son sexe monstrueux. Le mélange de peur et de désir qui bouillonne en moi est plus déroutant que tout ce que j'ai connu jusqu'à présent. Il finit par détourner le regard et s'allonger sur le lit.

Il croise ses doigts derrière sa nuque, le mouvement fait délicieusement onduler ses abdominaux. Je reste là à l'observer pendant qu'il ferme les paupières.

Que se passe-t-il ?

— Qu'est-ce que tu fais ?

- Je me repose un peu dans mon lit, dit-il en gardant les yeux fermés et en se contentant de rire.

Son lit.

Je pensais qu'ils m'avaient conduite dans une chambre d'amis dans ce manoir, pas dans sa propre chambre. Il est donc encore plus probable qu'il ait l'intention de me baiser. Il veut probablement s'assurer que je suis baisable avant de me vendre à la pègre de la ville.

— Je… je ne couche pas, je crie, je me sens un peu stupide avec lui allongé sur le lit, immobile.

— Je t'ai demandé de coucher avec moi ? demande-t-il en riant, cette fois, ses paupières s'ouvrent et il me regarde. Ce n'est pas l'envie qui m'en manque, mais crois-moi, la dernière chose qui me donne la trique, c'est de me forcer avec une femme pas consentante.

Un soulagement immense m'envahit et mes épaules se décontractent.

Dieu merci.

— Tu as bien dormi ?

— Pas une seule seconde, dis-je en secouant la tête.

Il sourit d'un sourire à faire fondre, le coin de ses yeux se plisse. Mon Dieu qu'il est beau. Pour un homme de cet âge, il est terriblement attirant et super sexy, dans le genre mauvais garçon ténébreux.

— Viens ici ma petite, dit-il en me tendant la main.

Je déglutis, ce surnom ne fait qu'attiser le feu qui brûle en moi. Ma culotte est trempée entre mes cuisses, je me demande si je dois m'approcher.

— Je ne vais pas te mordre. Il est deux heures du matin et on a tous les deux besoin de sommeil, marmonne-t-il.

Je mordille ma lèvre inférieure, je me demande si je dois dormir dans ce lit avec lui. C'est certainement une ruse. Il va probablement me tringler une fois sous les draps. Nos regards se croisent, et pour une raison étrange, je suis persuadée que ce n'est pas dans ses intentions.

Je m'approche et il sourit à nouveau, un sourire bienveillant que je ne m'attendais pas à voir sur ses lèvres. Je prends sa main et il me fait entrer sous les draps, avant de se décaler pour s'y glisser à son tour. Il reste sur le côté, me regarde, écarte doucement mes cheveux de mon visage et les place derrière mon oreille. Un geste doux et tendre qui me bouleverse pour toutes les *mauvaises* raisons.

Je le contemple.

— Je peux te prendre dans mes bras ? demande-t-il.

Je le regarde les yeux mi-clos, pas très sûre de savoir si j'ai envie qu'il me touche. Pas à cause de ce qu'il est, mais parce que je suis certaine que mon corps d'adolescente bourrée d'hormones réagira de la mauvaise manière. Je me surprends à hocher la tête en signe d'assentiment.

Il se rapproche et passe un bras vigoureux autour de ma taille, m'attire contre lui. Je me fige en sentant sa verge longue et dure palpiter contre mes fesses. Je mobilise toute ma volonté pour ne pas *gémir* à voix haute. Le feu qu'il a allumé en moi brûle plus ardemment, plus violemment, tandis que je le laisse me serrer contre lui.

Le désir douloureux entre mes cuisses se fait plus présent. Je n'ai jamais éprouvé une sensation aussi violente auparavant. Je n'ose pas bouger. Ses lèvres trouvent la zone sensible entre mon oreille et la base de mon cou, il m'embrasse doucement.

— Dors un peu, ma belle. Je dois me lever tôt.

Je ne peux même pas parler pour lui demander pourquoi il doit se lever tôt, ça n'a aucune importance puisque je vais rester enfermée dans sa chambre toute la journée. Je laisse échapper une respiration tremblotante et j'essaie d'ignorer son sexe pressé contre mes fesses.

— Bonne nuit, murmure-t-il dans l'oreille.

Merde.

Cet homme me donne *envie* de lui. Je suis presque déçue qu'il n'ait pas essayé de me baiser. S'il avait décidé de me tringler, je ne serai pas en train de fantasmer. Sa bite qui palpite contre mon cul me donne des frissons partout. Je me tortille légèrement et me colle contre lui, impossible de manquer sa grosse verge en érection.

Il gémit contre mon oreille et plante ses doigts dans mes hanches.

— Ne bouge pas, ma jolie, ou je vais jouir dans mon caleçon.

Je me mords la lèvre en l'imaginant éjaculer sur mes fesses nues. Un désir obscène me met le diable au corps. Au lieu de rester immobile, je presse plus fermement mes fesses contre lui, sa verge moulée dans son caleçon s'enfonce entre mes fesses nues.

Il pousse un grognement sourd qui me fait vibrer, je mouille encore plus.

— Tu essaies de me faire jouir ?

Je n'arrive pas à parler. Au lieu de cela, je continue à bouger. Le désir de cet homme l'emporte sur la raison. Il *gronde* contre ma peau et je sens son sperme poisseux et humide traverser le tissu et oindre ma peau. Je l'attrape par le caleçon et donne une tape sur son sexe.

Il empoigne mes hanches et me retourne pour m'installer face à lui. Le désir brut étincèle dans ses iris sombres tandis qu'il me fixe.

— Pas touche, grogne-t-il en attrapant ma main et en la repoussant, courroucé. Au lit, j'ai une façon très particulière de faire. Des façons qu'une fille novice comme toi ne pourrait pas supporter.

Je serre les dents quand il me traite de novice. Il a raison. Je suis novice et vierge, mais je n'aime pas qu'on me dise la vérité en face.

— Je suis sûre de pouvoir encaisser tout ce que tu as à *offrir*.

— Je suis un amant brutal, j'aime dominer ma partenaire sexuelle, figure-toi, dit-il, énervé, les yeux mi-clos. Je prends mon pied quand j'attache et que je *possède* une femme. J'aime qu'une femme se soumette. Je te ferais jouir un nombre incalculable de fois, tu me supplieras de te baiser.

Un frisson m'ébranle en m'imaginant attachée par cet homme séduisant et brutal. J'avais déjà entendu parler des jeux sado-maso entre dominant et esclave, mais n'ayant jamais eu de rapports sexuels basiques, je ne suis pas sûre d'avoir envie de m'y adonner. Ma gorge se noue.

— Est-ce quelque chose dont tu as envie avec moi ?

Je sens le rouge me monter à mes joues.

— Je n'en ai aucune idée...

— Bien sûr que non, tu n'as jamais expérimenté ce genre de sexe. Tu ne connais probablement que la position du missionnaire, comme une fille bien sage, n'est-ce pas ?

Je me mords la lèvre, mon corps tremble contre lui.

— Pas exactement.

— Dis-moi ce que tu préfères, ronronne-t-il.

Je secoue la tête, de plus en plus gênée.

— Je ne sais pas.

— Comment ça ? demande-t-il, stupéfait.

Mon ventre se noue en songeant aux paroles que j'ai sur le bout de la langue et je murmure,

— Je suis vierge.

Les yeux de Kane brillent d'un éclat soudain, il pousse un grognement sourd et animal qui met mon corps en ébullition.

— Comment est-ce possible ?

— Je n'ai que dix-huit ans... je n'ai jamais... dis-je en mordillant ma lèvre inférieure.

Sa bouche m'intime le silence, ses lèvres se pressent contre les miennes dans un baiser brutal. Je gémis dans sa bouche tandis que sa langue joue avec la mienne, je suis tellement humide que mes fluides coulent le long de mes cuisses. Il me fait ressentir des choses que je n'ai jamais ressenties auparavant. Mon corps réagit de la façon la plus agréable qui soit. Mes mamelons sont dressés, ma chatte dégouline et mon clitoris attend d'être touché.

Il s'éloigne enfin et m'arrache un gémissement. Je veux continuer à l'embrasser *pour toujours*. Je n'ai jamais été embrassée comme il vient de le faire.

— Bonne nuit, ma poupée, murmure-t-il en resserrant sa poigne sur ma taille. Ne t'inquiète pas, je ne déflore pas une vierge. Je suis peut-être un criminel, mais j'ai le sens des valeurs.

Son sexe énorme palpite toujours dans son boxer, se presse contre ma cuisse nue. Je suis forcément déçue qu'il refuse de coucher avec moi. Je hoche la tête et me tourne pour ne pas le voir, je suis certaine que ma déception se lit sur mon visage. Kane passe ses bras autour de ma taille et m'attire à nouveau contre lui. Son gros sexe se frotte contre mes fesses, j'ai très envie de lui.

Se sentir en sécurité dans les bras de ce criminel violent est absurde. Lentement, la pression de sa verge en érection contre mes fesses s'atténue et il respire plus profondément, il s'est endormi en m'enlaçant.

Je devrais être terrifiée et essayer de trouver un moyen de m'échapper, bien qu'il soit impossible d'échapper aux Romano. Je ne devrais pas me sentir en sécurité dans les bras de cet homme capable de choses terribles.

Alors que je me détends au creux de ses bras vigoureux, je me sens plus en sécurité que je ne l'ai jamais été de toute ma vie. Au rythme de sa respiration pesante, mes paupières se ferment lentement et le sommeil m'emporte.

7

KANE

Je me réveille avec Jasmine dans mes bras et ma bite en érection contre sa cuisse. Je n'ai pas pour habitude de laisser les femmes dormir dans mon lit, mais l'enlacer était si *agréable*. Le désir de protéger cette jeune et jolie vierge a pris le dessus.

Allongée sur le dos, elle semble plus belle que jamais. Avouer sa virginité m'a surpris. Il est hors de question que je la touche maintenant, à moins qu'elle ne le souhaite *vraiment*.

Je comptais jouer avec le feu avec elle. J'avais intentionnellement pressé ma verge en érection contre ses fesses hier soir pour tester sa réaction, et elle a super bien réagi. Je comptais la pousser à me supplier de la baiser, jusqu'à ce qu'elle m'avoue sa virginité.

Je suis peut-être un criminel à la tête d'une famille mafieuse puissante, mais je ne peux pas prendre sa virginité. Elle ne me connaît même pas. Sa première fois devrait se dérouler avec quelqu'un qu'elle connaît et en qui elle a confiance. Un homme qui l'aime.

Allongé ici, à la regarder, l'idée qu'un autre homme ose toucher son corps parfait me rend fou. Je n'ai pas le droit de déflorer cette femme mais cela n'empêche pas mon esprit de s'emballer. Je n'ai jamais été aussi enivré par le parfum d'une femme, ni par son apparence en plein sommeil.

Ma poigne se resserre sur sa taille fine, mon côté possessif prend le dessus. Alex Cavino me l'a offerte, elle est *à moi*, mais les choses se sont compliquées quand elle a déclaré être vierge.

Une fille innocente comme Jasmine ne peut pas supporter ma nature brutale et dominatrice. Le sexe n'est pas quelque chose que je pratique souvent, mais quand c'est le cas, je saute sur l'occasion pour attacher une femme et l'exciter jusqu'à ce qu'elle me supplie. L'idée de faire ça à une vierge douce et innocente comme Jasmine me donne envie de me vider les couilles. Je pourrais la surprendre avec tout ce que je lui ferais.

Mais je ne peux pas faire ça à une vierge. Ce n'est pas correct.

Jasmine remue dans mes bras et ses paupières s'ouvrent. Son visage affiche une expression étonnée tandis qu'elle observe la pièce. Puis, nos regards se croisent. La reconnaissance se lit dans ses yeux, elle semble mi-effrayée, mi-lascive.

— Bonjour, ma jolie, dis-je en gardant ma main fermement posée sur son ventre plat.

— Bonjour, marmonne-t-elle en essayant de se dégager de mon emprise.

J'attrape ses hanches et je la rapproche, je dépose un petit baiser sur sa joue. Elle vire au cramoisi et j'ai encore plus envie d'elle. Ma vierge innocente rougit avec un simple baiser sur la joue, cette fille me fait bander comme un taureau.

— Tu as bien dormi ?

Le rougissement s'étend à son cou, je me demande jusqu'où il descend tandis qu'elle se mord la lèvre inférieure.

— Étonnamment bien, surprenant, non ?

Je ne peux m'empêcher de sourire. Normalement, je me réveille grincheux, mais je pourrais m'habituer à me réveiller à ses côtés.

C'est une pensée dangereuse. Rick a raison. Ma façon de me soucier de cette fille rencontrée hier de façon inexplicable est une mauvaise nouvelle. Si on s'aperçoit de l'importance qu'elle revêt à mes yeux, on pourrait l'utiliser contre moi. Qui plus est, je suis assez vieux pour être son père.

Pourtant, je suis bâti comme un homme de vingt ans de moins. On m'a aussi complimenté sur mon apparence pour mon âge, mes origines latines semblent y être pour quelque chose.

— Pourquoi tu dois te lever tôt ? Quelle heure est-il ? demande-t-elle en clignant des yeux.

Je lui souris et dépose un petit baiser sur son front.

— J'ai une réunion et il est six heures et demie.

— Qu'est-ce que je vais faire ? dit-elle en fronçant légèrement les sourcils et en laissant échapper un petit soupir.

Je secoue la tête et colle mes lèvres sur les siennes, je l'embrasse tendrement.

— On arrête les questions. Tu veux prendre une douche ?

Elle acquiesce et se dégage de mes bras pour s'asseoir au bord du lit, la tête dans les mains. Je rampe vers elle et pose mes mains sur ses épaules, je dénoue la tension.

— Qu'est-ce qui ne va pas, ma chérie ?

— Tu as vraiment besoin de me poser la question ?

— Je te l'ai dit, je ne te ferai aucun mal, dis-je en soupirant.

Elle me regarde l'air incrédule, se lève et se dirige vers la salle de bains. J'ai très envie de prendre une douche avec elle, mais je sais à quel point ce serait dangereux. Si je la vois nue je ne pourrais plus me contrôler.

Je bande rien que d'y penser. La porte se referme derrière elle et j'entends l'eau couler, signe que je peux évacuer ma frustration en paix. Je baisse mon caleçon et me branle, je gémis en pensant à son corps pressé contre le mien la nuit dernière, c'était trop bon.

Un liquide épais et nacré perle de mon gland enflé, goutte sur le lit et salit tout, mais j'en ai strictement rien à foutre. Toute la tension accumulée au cours des douze dernières heures me pèse trop. Ma bite tressaille et palpite dans ma main, tandis que je pense à Jasmine sous la douche.

L'eau qui tombe en cascade sur sa silhouette sublime et ce superbe cul rond rend ma verge dure comme de la trique. Je grogne, mes couilles remuent et se contractent.

Je ferme les yeux, je l'imagine ouvrir sa bouche pulpeuse et la laisser me faire une fellation. Je l'imagine agenouillée devant moi, les yeux rivés sur les miens, j'attrape une poignée de ses cheveux noirs et j'éjacule comme un possédé.

L'imaginer en train de me sucer suffit presque à me faire basculer mais je tiens bon, je gronde en pensant à elle attachée à mon lit, ses jambes ouvertes grâce à ma barre d'écartement, prête à m'accueillir. La sensation est trop vivace, je l'imagine, je l'entends m'appeler *maître*, mes couilles se contracter.

— Putain, Jasmine, je grogne et j'éjacule sur le lit, la tension se relâche enfin quand je jouis.

Un cri s'échappe de la salle de bains et je tourne la tête. Jasmine est debout près de la porte, enveloppée dans une serviette, ses yeux écarquillés rivés sur ma bite. Ses joues sont roses et ses lèvres s'entrouvrent d'une façon qui prouvent son excitation.

Je me lève, sans penser que ce n'est probablement pas la meilleure idée. Je sens ma bite tressaillir sous ses yeux, ma verge est dure comme de la trique. Elle ouvre la bouche pour dire quelque chose mais la referme. Elle observe mon sexe et moi j'ai encore plus envie d'elle.

J'ignore combien de temps on reste plantés là, ses yeux scotchés sur mon service trois pièces sans bouger, elle le fixe, comme hypnotisée. Ses joues d'un rose soutenu et ses lèvres entrouvertes me font bander encore plus.

Un long filet de sperme épais goutte de mon gland dilaté sur le sol. Elle lèche ses lèvres, je les imagine forcément enroulées autour de ma verge. Si je ne l'empêche pas de regarder ma bite sans ciller, je finirai par la lui enfoncer dans la gorge.

— Jasmine, tu comptes regarder ma bite toute la journée ? je grommelle en attrapant ma verge pour essayer de détourner son attention. Si tu as terminé ta douche, je dois en prendre une.

Le son de ma voix la sort de son hébétude, elle n'arrête pas de fixer ma grosse bite comme s'il s'agissait d'un steak juteux.

— Désolée, j'ai laissé mes vêtements ici, dit-elle en regardant le sol.

Il me faut tout mon self-control pour ne pas m'approcher et l'embrasser. Elle ne porte qu'une serviette, la lui arracher et la posséder serait d'une facilité enfantine, mais cette fille est vierge, elle ne pourra jamais accueillir ma bite en entier.

Je m'approche, elle n'a pas bougé d'un pouce. Elle contemple à nouveau mon visage, le sien est écarlate, le rougissement s'est propagé jusque sous sa serviette. Je dois produire un effort surhumain pour passer devant elle, entrer dans la salle de bains et fermer la porte derrière moi.

Une fois seul, je pousse un soupir de soulagement en appuyant mon dos contre la porte de la salle de bains. Je bande à nouveau, je bande tellement que ça fait mal.

Que m'arrive-t-il ?

8

JASMINE

Une semaine s'est écoulée depuis que Kane m'a emmenée du club de mon beau-père. Dire que je ne sais plus où j'en suis serait un euphémisme.

Kane Romano se comporte en vrai gentleman quand nous sommes seuls mais devient glacial en présence de tiers. Nous avons passé la semaine dernière ensemble au manoir, sauf quand il doit s'occuper des affaires de la mafia.

Souvent, il reçoit un appel pendant que nous discutons, son comportement change alors du tout au tout. A chaque fois qu'il doit s'occuper de problèmes professionnels, il devient quelqu'un d'autre. Je ne sais pas trop quoi ressentir à l'idée d'être sa captive. Je devrais être terrifiée qu'il me force à rester là, mais en définitive, ça me plait.

Kane me regarde comme aucun homme ne m'a jamais regardée, avec une faim possessive qui me donne l'impression d'être en sécurité, il veille sur moi. Inutile de préciser que je n'arrive pas à l'oublier en train de caresser son énorme verge entre ses cuisses, à grogner mon prénom en éjaculant sur le lit. Mes cuisses se serrent à ce souvenir et je sens ma culotte devenir humide.

Le rugissement du moteur est tout ce qui nous sépare alors que je prends place à côté de lui à l'arrière du SUV. Il ne m'a pas dit où nous allions ni ce qui se passait.

A vrai dire, il n'a pas dit un mot depuis que nous sommes montés en voiture. C'est la première fois depuis qu'il m'a enlevée des griffes d'Alex qu'il me fait sortir de sa maison. Je ne sais absolument pas à quoi m'attendre. Il a changé depuis que nous avons quitté l'intimité de sa chambre, pour devenir taciturne et silencieux.

Je me demande pourquoi je dors si bien dans ses bras, toutes les nuit sans exception. Je ne me souviens pas d'une seule fois où j'ai dormi aussi paisiblement qu'avec Kane, mon enfance n'a pas été très heureuse. Je regarde par la fenêtre et pense à mon avenir.

Jusqu'à présent, je n'ai pas pu me résoudre à demander à Kane quelles sont ses intentions à mon égard. Nous avons passé nos journées comme si de rien n'était mais je sais que ce n'est pas tout ce qu'il compte faire de moi. S'il a l'intention de faire de moi une travailleuse du sexe, je ne suis pas sûre de pouvoir y arriver.

La main de Kane se referme sur la mienne, il me force à le regarder.

— A quoi tu penses ?

— A rien... je réponds en secouant la tête et en mordillant ma lèvre.

— Dis-moi ma chérie, murmure-t-il en esquissant un sourire.

Ce surnom me fait frissonner. Cet homme est d'une beauté inouïe, j'ai du mal à soutenir son regard. Je baisse les yeux sur mes genoux.

— Tu comptes me faire travailler comme prostituée ?

Il grogne comme un animal et je tressaille. Je le regarde, ses yeux débordent d'une rage dangereuse.

— Tu es folle ?

— Que comptes-tu faire de moi ? je demande en haussant les épaules.

Sa main se referme sur ma gorge d'une manière qui devrait m'effrayer, une main agréable, je mouille quand sa peau entre en contact avec la mienne. Un mélange de peur et de désir m'envahit.

— Tu es *à moi*, Jasmine, dit-il en me regardant d'un air possessif. À moi, *pour toujours*. Tu comprends ? Aucun autre homme ne te touchera *jamais*, grogne-t-il.

Je lèche ma lèvre inférieure, l'idée me plait. Avant que je puisse réfléchir à ma question, je demande,

— Tu vas me caresser ?

Ses doigts se resserrent légèrement sur ma gorge, sans me faire mal, tandis qu'il me rapproche de lui.

— Tu en as envie ?

Je frémis quand il me serre contre lui, il me regarde droit dans les yeux comme un possédé.

— Je ne sais pas... je crois...

Ses lèvres rencontrent les miennes dans un baiser lent et tendre, mon désir pour lui va crescendo. Je sens sa langue s'approcher de mes lèvres et se frayer un passage dans ma bouche. Je le laisse entrer, je gémis dans sa bouche tandis qu'il cherche la mienne. C'est la première fois qu'il m'embrasse comme ça, depuis la première nuit où je lui ai dit que j'étais vierge.

Ses doigts restent autour de ma gorge, il m'embrasse goulument. Je m'approche, ma main explore les zones dures de sa poitrine musclée. Il gémit contre moi, mordille ma lèvre en guise d'avertissement.

Il lâche ma gorge et se détourne, je retombe sur mon siège. Le silence règne à nouveau à l'arrière de la voiture, je me sens plus perdue que jamais. Il m'a clairement fait comprendre qu'il n'avait pas l'intention de me prostituer. Je ne vois pas ce qu'il entend exactement par *pour toujours*.

Je dois être vraiment chtarbée. Cet homme me garde prisonnière depuis près d'une semaine et je le désire comme je n'ai jamais désiré personne. Sa façon de m'embrasser me fait fondre à chaque fois, mon désir pour lui va crescendo. Je le connais à peine mais quand il m'embrasse, j'ai envie de le supplier de me dépuceler.

Le SUV s'arrête brusquement, Kane ouvre sa portière et me laisse seule. Une longue respiration tremblante que je retenais sans m'en rendre compte m'échappe. En sa présence, j'oublie de respirer, comme s'il aspirait tout l'oxygène de l'espace qu'il occupe.

Ma portière s'ouvre, Kane est devant moi.

— Sors, ordonne-t-il.

Je m'exécute et descends du SUV, je penche la tête en arrière pour le regarder alors que mes pieds foulent le sol. Ses mains se posent sur mes hanches, il m'attire vers lui.

— Tu es sur le point de découvrir le véritable pouvoir de la mafia Romano, ma beauté. C'est ta vie maintenant, murmure-t-il.

Un frisson me parcourt, il m'attrape par le bras et m'entraîne de force vers un bâtiment industriel, de nombreuses voitures noires sont stationnées. Ma curiosité est piquée mais je suis *trop* nerveuse pour demander où nous sommes et ce que nous faisons ici.

La mafia Romano c'est le haut du panier, elle ne trempe pas dans des crimes de bas étage, contrairement à mon beau-père. Ils tuent tous ceux qui se mettent en travers de leur chemin. Alex a de la chance de m'avoir offert à Kane, le cas échéant, il serait déjà mort et enterré dans le carré des indigents.

Ce changement de comportement de Kane me fait frémir. Dans l'intimité, il est attentionné et gentil, en public, c'est un homme brutal et dominateur qui ne parle pratiquement pas.

Il m'entraîne dans un bâtiment plein de gens en costume. Une longue table métallique entourée de chaises occupe le centre de l'entrepôt. Deux sbires de Kane nous escortent alors que nous nous dirigeons vers la table. Kane s'arrête à quelques mètres et me pousse vers l'un de ses hommes.

— Garde-la, grommelle-t-il.

Je ressens une certaine confusion alors qu'il me confie à l'un de ses hommes. Les mains du type se resserrent autour de mes épaules et il m'entraîne vers le bord de la pièce, s'y s'arrête. Mes yeux restent rivés sur Kane, sa mâchoire est serrée, ses épaules, voûtées, comme s'il s'assurait de ne pas croiser mon regard, de regarder ailleurs.

Un autre homme musclé entre dans la pièce et tout le monde se tait. Il s'en dégage une aura de puissance plus grande encore que Kane, je comprends immédiatement de qui il s'agit : Rick Romano. Tout le monde l'observe alors qu'il s'assoit en bout de table. Lui assis, toute l'assemblée prend place.

Kane pose un instant ses yeux sur les miens, mais ils restent durs et froids. Je brise son regard et baisse les yeux au sol. Cet homme est de plus en plus déroutant, on dirait une double personnalité.

Rick se lève et se racle la gorge. Toute l'assemblée devient silencieuse et ma peau se hérisse de chair de poule, je le regarde parcourir la salle des yeux.

— Merci à tous pour votre présence à cette réunion hebdomadaire. Nous avons plusieurs sujets à aborder.

Il adresse un signe de tête à un mec baraqué près de la porte, qui s'avance en traînant un homme d'âge moyen au visage salement amoché.

— Joe Benz, tu as été appréhendé en train d'essayer de voler la mafia Romano. La mort est la seule option. Tu as un dernier mot à dire ? dit-il après s'être raclé la gorge.

— Je vous en supplie, ne me tuez pas, bafouille-t-il en s'agenouillant. Ma famille mourrait de faim, j'avais besoin de nourriture.

Le visage de Rick reste impassible.

— Personne ne vole les Romano et survit.

Il adresse un signe de tête à l'homme derrière lui qui sort une arme.

Je ne peux réprimer mon cri. L'homme derrière m'attrape plus fermement et se penche vers moi.

— Tiens-toi tranquille.

Je jette un coup d'œil à Kane, qui me dévisage avec une expression étrange, un air que je n'arrive pas à situer. Je regarde l'homme qui pointe désormais une arme derrière la tête du voleur. J'observe à nouveau Kane, qui m'adresse un petit signe de tête. Je me mords la lèvre et soutiens son regard, je comprends qu'il me demande de ne pas regarder. D'une manière un peu détournée, il essaie de m'empêcher d'être témoin de la scène.

L'ombre infime d'un sourire triste se dessine sur ses lèvres. Il semble désolé alors que les coups de feu retentissent autour de nous, je continue de le fixer, trop effrayée pour regarder la scène. Je l'imagine pourtant, le sang partout, le corps sans vie de l'homme. Savoir de quoi la famille Romano est capable est une chose, en être témoin en est une autre.

J'ai de la peine en voyant comment cet homme a imploré pardon et la froideur avec laquelle Rick, le frère de Kane, a ordonné qu'on l'abatte. Seules les paroles de Kane me viennent à l'esprit désormais, *c'est ta vie maintenant.*

Vraiment ? C'est comme si le coup de feu m'avait sortie de mon état de torpeur stupide, en train de baver sur mon ravisseur. Kane Romano et sa famille sont les pires individus au monde. Ce n'est pas la vie que je veux, pas après tout ce que j'ai vécu avec ma mère.

Il doit exister un moyen de filer. Je dois lui échapper et rejoindre la côte ouest des Etats Unis. Je crois que ce n'est pas très loin, je devrais y être en sécurité. Les Romano règnent sur la côte est, pas sur la côté ouest.

Tout ce que j'ai à faire, c'est de l'auto-stop jusque là-bas, puis trouver un travail et m'acheter une nouvelle identité. Ça ne devrait pas être *trop* compliqué, non ?

Mes épaules s'affaissent tandis que l'homme derrière moi m'empêche de bouger. S'il n'était pas là, je m'effondrerais certainement sur-le-champ. Je garde les yeux rivés au sol pendant toute la durée de la réunion.

Le premier homme n'est pas le seul à être assassiné. Deux autres hommes sont amenés, tous deux supplient pour avoir la vie sauve, tous deux sont abattus sans pitié.

Kane m'a fait une faveur en m'amenant à cette réunion. Il m'a fait descendre du petit nuage sur lequel j'étais depuis une semaine. C'est un tueur et un monstre. Je ne peux pas avoir envie de lui. Je ne veux pas de cette vie.

9

KANE

Nous sommes assis en silence à l'arrière de la voiture noire. Jasmine m'a à peine regardé depuis que nous sommes sortis de l'entrepôt et n'a pas dit un mot. L'amener à cette réunion était peut-être une erreur mais elle doit savoir qui je suis et ce que je fais. C'est ma vie, et si elle veut en faire partie, elle doit être au courant.

J'ai su que je voudrais la garder dès que son beau-père me l'a offerte. Je veux que Jasmine Cavino me *désire* autant que je la désire. Les chances que cela arrive semblent minces, cette fille innocente est tombée dans ce pétrin parce que son beau-père est un crétin.

Elle ne me regarde même plus et fixe la fenêtre sans discontinuer. Sa main tremble sur le siège à côté de moi. La façon dont je dois me comporter avec elle lorsque nous sommes en public me contrarie.

Je suis froid et détaché en présence d'un étranger à ma famille, même avec mes hommes au volant. J'ai rencontré cette fille il y a une semaine et je lui ai déjà montré la facette tout en tendresse de ma personnalité, allez savoir pourquoi.

Son expression m'a fait culpabiliser quand ces trois hommes ont été abattus pendant la réunion. J'ai soutenu son regard pour le premier homme, m'assurant qu'elle ne regarderait pas. Cela étant, elle n'a pas quitté les yeux du sol pendant toute la durée de la réunion. Je n'ai pas l'habitude de m'inquiéter pour d'autres personnes, hormis mes frères et moi.

Le besoin de la protéger contre des choses horribles est extrêmement fort. Pour la première fois de ma vie, j'ai voulu briser mon image de dur à cuire en public et aller vers elle, la serrer dans mes bras et l'enlacer, mais je n'ai pas pu. C'est la règle la plus importante entre toutes : ne jamais montrer de faiblesse à qui que ce soit. Un seul faux pas pourrait sonner sa condamnation à mort.

Tout ce que je peux espérer, c'est que personne n'a remarqué ma façon de la dévisager pendant la réunion. Nos ennemis sont partout, même au sein de notre propre organisation criminelle, nous ne faisons confiance à personne. Si quelqu'un apprend qu'il existe un moyen de me faire du mal, il sautera sur l'occasion. Je sais que vouloir la garder dans ma vie fait de moi un égoïste. Ce n'est pas un endroit pour une femme comme Jasmine.

Je fais craquer ma nuque, la situation me stresse. Je sais que la meilleure chose à faire serait de la laisser partir, de la laisser sortir de ma vie, mais je ne peux m'y résoudre. Elle m'appartient et rien ne me fera renoncer. Le bourdonnement du moteur semble plus bruyant que d'habitude alors qu'un silence tendu s'installe entre nous.

Mes doigts me démangent d'effleurer les siens. J'ai envie de lui demander si elle va bien, mais je n'ose pas lui adresser la parole. Le reste du trajet jusqu'à la maison se déroule dans un silence absolu. Un long soupir m'échappe, le gravier qui crisse sous les pneus signale notre arrivée.

Jasmine ne m'a toujours pas adressé le moindre regard depuis que nous sommes montés en voiture, ça me rend dingue. La voiture s'arrête brusquement et je sors en serrant les poings le long du corps. Jasmine reste à bord, sans bouger. Je serre la mâchoire et me dirige vers elle, j'ouvre la portière d'un coup sec.

— Descends, je grommelle en la fixant alors qu'elle garde les yeux baissés.

Elle bondit hors de la voiture et regarde le sol. Si elle ne me regarde pas, je vais péter les plombs. Ma main se serre autour de son poignet, je l'entraîne avec moi à l'intérieur.

La résistance qu'elle m'a opposée le premier jour où je l'ai traînée dans la voiture depuis le club a totalement disparu. C'est comme si je traînais une poupée en chiffon dans la maison. Rick et Léo sont déjà au niveau de l'entrée, ils discutent et nous regardent tandis que je monte les escaliers en l'entraînant à ma suite.

Je me comporte comme un taré mais je n'en ai rien à foutre. Cette femme me rend dingue et je dois lui faire comprendre que je ne suis pas le monstre qu'elle imagine, même si la traîner dans la maison risque de lui faire comprendre le contraire.

Une fois derrière des portes fermées, je lâche son bras et laisse échapper une longue respiration saccadée. Elle ne me regarde toujours pas.

— Jasmine, regarde-moi, je murmure, en espérant que le torchon entre nous n'ait pas brûlé.

Elle ne bouge pas d'un pouce. Ses poings sont serrés et ses épaules tendues. Jasmine a peur de moi. La fille qui me regardait presque avec adoration ce matin. Qu'est-ce qui m'a pris de l'emmener là-bas ?

Un flot soudain de colère contre moi-même m'envahit.

— J'ai dit, regarde-*moi*.

Elle sursaute au ton de ma voix et se force à lever son visage, elle me fixe avec une peur absolue et du dégoût. Je ravale la boule dans ma gorge et j'essaie de ne pas laisser ce regard m'atteindre.

— Jasmine, je suis désolé que tu aies dû assister à ça.

Je regrette d'avoir pris la décision de l'emmener et j'aimerais pouvoir revenir en arrière et faire autrement. Il était peut-être trop tôt pour lui montrer qui j'étais et ce que je faisais. Cela ne fait qu'une semaine mais j'ai l'impression qu'on se connait depuis une éternité.

— Je regrette d'avoir été obligée de constater que tu es un vrai monstre, crache-t-elle en me dévisageant.

Sa déclaration me touche plus que je ne l'aurais cru. Normalement, les paroles ricochent sur moi, mais venant d'elle, ça fait mal. Je secoue la tête et j'avance, elle recule d'un pas.

— S'il te plaît, Jasmine, dis-je en essayant de faire un pas de plus, laisse-moi t'expliquer.

— Ne *m*'approche pas, dit-elle en secouant la tête.

Sa froideur me peine. Elle est sous le choc mais je ne peux pas la laisser me repousser, mon cœur ne le tolère pas. Au lieu de cela, j'avance lentement en maintenant le contact visuel, comme avec une biche sur le point de détaler.

— S'il te plaît, je murmure en la suppliant de me laisser l'approcher.

Plus je m'approche, plus elle frémit. Je l'effraie vraiment à ce point ? Je tends une main et elle ne m'empêche pas de la refermer sur la sienne. Je tire légèrement, l'attire vers moi et l'enlace.

— Je suis désolé, Jasmine. Je ne voulais pas te terroriser.

Son corps est contracté et immobile dans mes bras.

— Lâche-moi, dit-elle sévèrement, en essayant de s'éloigner.

Je la laisse partir et retire mes bras, je rêve de la garder à mes côtés jusqu'à ce qu'elle se soumette. Je suis peut-être un criminel, mais j'ai toujours respecté les limites d'une femme. Vouloir aller à l'encontre de ses désirs est inhabituel. Elle me regarde, les larmes aux yeux.

— Laisse-moi tranquille.

Elle croise les bras sur sa poitrine et lève le menton, me dévisage.

Pour une fille effrayée par sa situation, tenir tête à un *monstre* ne l'inquiète pas outre mesure. Je déteste qu'elle ait employé ce terme, un terme que j'utilise souvent me concernant. Je déteste qu'elle me perçoive de la sorte maintenant. Dieu sait ce qu'elle penserait si je les avais tués de mes propres mains, ce n'est heureusement pas le cas. Si elle savait ce que j'ai fait en la quittant hier matin, elle me détesterait encore plus.

Je serre les dents et j'observe la femme que je désire ardemment, avant de me détourner.

— Repose-toi, princesse.

Elle ne répond pas tandis que je quitte la pièce. Les deux gardes postés devant la porte de ma chambre m'adressent un signe de tête.

— Inutile de verrouiller la porte, mais gardez un œil sur elle.

— Bien, monsieur.

J'emprunte le couloir en direction des escaliers et je descends retrouver mes frères. Il se passe quelque chose d'étrange avec Jasmine, et je ne suis pas sûr d'aimer ça. J'ai des sentiments pour elle, un jeu dangereux quand on trempe dans un travail aussi brutal.

Alors que je tourne au coin, Léo me bloque le passage.

— Qu'est-ce qui ne va pas, grand frère ? La fille te rend la tâche plus difficile que prévu ?

— Dégage de mon chemin, Léo.

— Le patron est en réunion.

— Avec qui, bon sang ?

— Austin, déclare-t-il avec un sourire énervant.

Je donne un coup de poing sur le mur, la rage me submerge. Austin est un connard. C'est notre espion, il rapporte tout ce que les familles rivales mijotent. Je n'ai jamais eu confiance en lui, c'est un vrai psychopathe.

— Comment tu comptes t'y prendre pour qu'elle te supplie ? demande Léo en se curant les ongles.

— C'est pas tes affaires, je réponds les dents serrées.

Léo adore m'énerver. Je l'aime parce qu'il est mon frère, mais je pourrais vraiment casser la figure à ce fils de pute arrogant.

— Tu es sûr que tu ne te fais pas trop vieux ? demande-t-il avec un grand sourire. Peut-être qu'elle a besoin de quelqu'un de plus jeune, dit-il en haussant un sourcil.

Je perds mon sang-froid : je l'attrape par le col et le plaque violemment contre le mur. Son sourire s'évanouit et il lève les mains.

— Désolé, frérot, je n'avais pas compris que c'était du sérieux avec cette nana.

Je le lâche et passe une main dans mes cheveux courts.

— Elle me rend dingue.

Il me regarde d'un drôle d'air, comme s'il savait exactement ce que je ressens. Ça ne veut pas dire grand-chose vu que Léo ne fréquente personne en particulier. C'est un vrai obsédé sexuel qui saute sur tout ce qui bouge. Il ne peut pas comprendre ce que je ressens. Depuis une semaine, il est clair que cette femme me tient par les couilles, je ne sais plus quoi faire.

— Comment s'est passée la livraison hier soir ? je lui demande, histoire de me changer les idées.

— Bien, dit-il en haussant les épaules, jusqu'à ce qu'on m'appelle au Mode pour m'occuper d'un voleur.

— Que s'est-il passé ? dis-je en fronçant les sourcils.

Il détourne les yeux, son regard est étrange.

— Il vaut mieux que tu ne le saches pas.

Je hoche la tête, je suppose que ça vaut mieux, si Léo le dit. D'habitude, il n'hésite pas à entrer dans les moindres détails sanglants. Léo a toujours été le moins affecté de nous trois par la mort et la violence. Le poste de bras droit lui convient à merveille. Il s'occupe principalement des problèmes quotidiens et du fonctionnement de notre organisation.

- Tu voulais voir Rick pourquoi ? demande-t-il en changeant de sujet.

— Je ne sais même pas, juste pour sortir de cette pièce, dis-je avec un gros soupir.

— Et si on allait boire un verre ? demande Léo, les yeux brillants.

Léo et moi ne sommes pas allés boire un verre depuis des lustres mais je suis partant. J'ai besoin de me changer les idées et d'oublier un peu la femme dans ma chambre.

— Ça me va.

Léo se dirige vers la sortie en sautillant.

— C'est moi qui conduis, on va au Mode.

Mes yeux se rétrécissent, mais je ne le questionne pas sur son choix. Drôle d'endroit, après avoir eu maille à partir avec un voleur la veille.

***

APRÈS QUELQUES BIÈRES AU MODE, la tentative de ne pas penser à Jasmine ne fonctionne pas. Léo est lancé ce soir et ne veut pas rentrer. Vers minuit, j'en ai assez.

Je me fraie un chemin sur la piste de danse pour trouver mon frère, mais il n'est nulle part. Et merde, voilà pourquoi je ne sors jamais avec Léo, c'est un électron libre. Je sors mon téléphone de ma veste et lui envoie un message.

Je rentre en taxi. Je ne sais pas où tu es.

J'envoie le texto et me dirige vers la sortie, je me retrouve dans la rue. Plusieurs taxis sont garés devant, je me dirige vers le premier et monte à l'arrière. Le chauffeur écarquille les yeux en voyant qui je suis.

— Je vous dépose où, monsieur ?

Je lui donne notre adresse sans réfléchir et desserre ma cravate. Ce soir, j'avais prévu de me saouler et d'oublier la femme enfermée dans ma chambre. Au lieu de cela, je n'ai cessé de penser à elle, comme si elle avait squatté mon cerveau.

Le taxi s'arrête devant notre portail, il est déjà minuit passé. Tout véhicule hormis les nôtres a l'interdiction de franchir l'enceinte. Je paie la course, descends et commence à remonter l'allée d'une longueur ridicule mais utile d'un point de vue stratégique. En cas d'attaque, nous avons le temps de nous préparer à affronter notre agresseur.

L'allée fait au moins un kilomètre mais j'aime bien marcher sous les étoiles, ça m'aide à me vider un peu la tête, même si Jasmine est toujours présente dans mon esprit.

Arriver à la maison est un réel soulagement, j'entre dans le couloir et je me dépêche de monter les escaliers. Ça ne fait que quelques heures mais je meurs d'envie de la voir. J'ai besoin de la savoir saine et sauve.

Le soulagement déferle quand j'entre dans la chambre pour trouver Jasmine sous les couvertures, recroquevillée en boule, dos à moi. Ma bite palpite à sa vue. La lampe de chevet est toujours allumée lorsque je retire lentement ma veste et la dépose sur la chaise dans le coin de ma chambre. J'enlève ensuite ma chemise et mon pantalon.

J'ignore si Jasmine dort, je me glisse sous les couvertures et je la regarde. Elle ne bouge pas, même après m'être installé de mon côté du lit. J'ai très envie de l'enlacer mais je me retiens.

Au lieu de cela, j'éteins la lumière de la table de chevet et je fixe le plafond.

Cette fille m'a ensorcelé ?

10

JASMINE

J'attends, immobile et tendue, que la respiration de Kane devienne plus profonde et régulière. Enfin certaine qu'il est endormi, je me retourne sur le dos et me lève avec un luxe de précautions. La dernière chose que je veux est le réveiller. Cela ruinerait mon plan.

Je m'assure de me diriger vers la salle de bains attenante d'un pas souple et léger, je referme la porte derrière moi avec un clic silencieux. Mon cœur bat si fort que j'ai la tête qui tourne. Ce que je prévois pourrait mal finir. Je pose mes mains sur le lavabo, je me penche et me concentre sur ma respiration.

Fuir est ma seule solution. Les deux jours à venir seront difficiles, je vais essayer de rejoindre la côte ouest. Je ne suis pas idiote, je sais qu'il est dangereux de faire du stop sans argent avec pour seul bagage les vêtements que j'ai sur le dos, mais ai-je le choix ?

Rester ici avec ce meurtrier séduisant et brutal, attendre qu'il se lasse de moi et me tire dessus comme son frère a tiré sur ces hommes sans défense ? Kane l'a dit lui-même – *pour toujours* – voilà le temps il compte me garder recluse ici. Il n'a pas l'intention de me relâcher, du moins pas avant de se lasser de moi.

Ce n'est pas la vie que je veux, pas après tout ce que j'ai vécu avec ma mère. Je me suis juré d'avoir une vie meilleure, une vie qui ne rime pas avec crimes.

Quand je vivais avec mon enfoiré de beau-père, je jouissais tout de même d'une certaine liberté. Je tends la main vers les robinets, je les ouvre et m'asperge le visage d'eau pour me rafraîchir. La sueur me pique la peau alors que j'essaie de rassembler suffisamment de courage pour mener mon projet à bien. L'adrénaline qui coule dans mes veines fait trembler mes mains. Je dois me ressaisir si je veux réussir.

Je me regarde dans le miroir et je hoche la tête. Je n'ai pas vraiment de plan mais je compte chiper le portefeuille de Kane, en espérant qu'il contienne un peu d'argent pour me dépanner. Ensuite, je me dirigerai directement vers la porte de la chambre, je descendrai les escaliers et je sortirai. Il est tard, je doute qu'il y ait du monde dans les parages.

Tu plaisantes ?

Cet endroit est aussi surveillé que Fort Knox. La probabilité qu'il n'y ait pas de gardes en bas pour surveiller est infime. Si on me surprend en train de voler Kane Romano et que j'essaie de m'échapper, mon compte est bon.

Une idée me revient à l'esprit, malgré le danger qu'elle représente. Avant de changer d'idée, je force prudemment la fenêtre de la salle de bains et je sors la tête pour avoir un aperçu. Il n'y a presque nulle part où s'accrocher, à moins que je saute sur un balcon à quelques mètres de là. Cela ne devrait pas être trop difficile, mais impossible d'empêcher mes mains de trembler.

Je retourne à la salle de bains en laissant la fenêtre ouverte et j'ouvre lentement la porte de la chambre. Tout est sombre et silencieux, à part la respiration profonde et régulière de Kane. Ses vêtements sont éparpillés dans le coin le plus éloigné, sur une chaise. Je respire un bon coup, je me glisse dans le coin et je palpe sa veste et son pantalon, à la recherche d'un portefeuille.

Mes épaules se détendent légèrement quand je le trouve, je le prends et vérifie rapidement son contenu. Il y a une liasse de billets, plus qu'il n'en faut pour me permettre de rejoindre la côte ouest sans faire d'auto-stop. Je prends l'argent et le glisse dans mon soutien-gorge.

Mes doigts rencontrent le permis de conduire dans son portefeuille, je fixe sa photo. Une autre photo est glissée à côté et je la sors, une belle femme qui a ses yeux. Ma poitrine se serre, je me demande s'il s'agit de sa mère. Il n'a rien dit de personnel, ni où se trouve sa mère, ni si elle est en vie. Je remets la photo à sa place et regarde son permis de conduire quelques instants.

Cet homme m'attire énormément. Mon corps a toujours envie de lui mais mon esprit sait que je dois m'en éloigner le plus possible. Kane Romano n'est pas comme les criminels de bas étage avec lesquels ma mère s'est retrouvée mêlée, il est pire. Un meurtrier et un monstre, tout ce dont j'ai juré de me tenir éloigné.

Je referme le portefeuille sur sa photo et le glisse

dans la fameuse poche. Mon regard est attiré par Kane qui ronfle doucement dans son lit. Il semble paisible et beau sous la lumière de la lune qui pénètre dans la pièce. Si sa mission en tant que bras droit de Rick ne l'obligeait pas à commettre des atrocités, je sais que j'aurais pu tomber amoureuse de cet homme.

Lentement, je retourne dans la salle de bain sur la pointe des pieds et ferme doucement la porte, en m'assurant de ne faire aucun bruit. Un petit sac que j'avais préparé avec des vêtements donnés par Kane est rangé dans l'armoire de la salle de bain, je le sors doucement et le mets en bandoulière.

C'est de la folie. J'en ai d'autant plus la certitude en fixant la fenêtre ouverte, trois étages plus haut. Une chute d'une quinzaine de mètres jusqu'au sol, une mort certaine ou du moins, plusieurs fractures m'attendent si je me plante.

Je déglutis péniblement avant de m'approcher de la fenêtre. Je jette un dernier coup d'œil, je m'agrippe à l'encadrement et me hisse sur le rebord de la fenêtre. Mon corps tout entier tremble de peur, alors que je commets l'erreur de débutant de regarder en bas.

Pourquoi la chambre de Kane se trouve au dernier étage de ce foutu manoir ?

Je me concentre sur le balcon, légèrement en contrebas par rapport à l'endroit où je me trouve. Je ferme les yeux un instant en m'imaginant sauter, j'espère y arriver. Je compte jusqu'à trois et je saute, je percute le balcon plus violemment que je ne l'aurais cru. Heureusement, je parviens à m'y accrocher en m'entaillant la main au passage.

Mon cœur bat à tout rompre dans ma cage thoracique, j'ai la nausée. Lentement, je descends et m'agrippe au rebord, j'essaie de trouver un point d'appui sur l'une des petites saillies qui dépassent du mur en dessous. Le sang pulse dans mes tympans.

"Prends ton temps," je me répète encore et encore, à mi-voix.

Il va me falloir une éternité pour atteindre le sol, et la décharge d'adrénaline ne m'aide pas. Je tends ma main tremblante et la déplace vers le bas, j'essaie de trouver une prise plus loin. Lentement, je descends mon pied et trouve une autre pierre saillante où m'ancrer.

Un bruit sous moi me fait sursauter et je manque de perdre l'équilibre. Je me mords la lèvre pour m'empêcher de crier et révéler ma position. À l'étage inférieur, quelqu'un ferme une fenêtre.

Merde.

Je n'avais même pas imaginé qu'on puisse me voir de la fenêtre, en train d'escalader la façade. Mes muscles se crispent et je me retrouve scotchée sur le flanc du bâtiment. La réalité soudaine de ce que je suis en train de faire me frappe de plein fouet. Je suis scotchée au mur, terrifiée à l'idée de me faire prendre en train d'essayer d'échapper à Kane avec sa liasse de billets.

Je ferme les yeux et respire profondément. Rien de tout cela n'a d'importance. Je dois me concentrer sur comment me mettre à l'abri. Cette seule pensée en tête, j'essaie de faire un pas de plus vers le bas et trouve une autre pierre où poser mon pied.

Mais cette fois, la pierre se fissure et se brise, je glisse et je suis obligée de m'agripper à une autre pierre pour ne pas chuter. Je pousse un grand cri avant de réussir à m'arrêter, je m'immobilise par miracle et me tords l'épaule.

Les chances que personne ne m'entende crier sont pratiquement nulles. Je reste le plus immobile possible et m'accroche d'une main malgré la douleur dans mon épaule. Le reste de la descente sera plus difficile, à condition que je trouve un endroit où loger mon pied.

Quelques instants s'écoulent et je me demande si je m'en suis sortie. Lentement, je cherche une autre pierre, j'en trouve une et je peux soulager le poids sur mon épaule.

Le claquement de la porte de la salle de bain de Kane accélère mon rythme cardiaque. Il a découvert que je n'étais plus dans la pièce et s'est probablement rendu compte que c'était moi qui criais.

Mes yeux restent fixés sur la fenêtre par laquelle je me suis enfuie, j'attends qu'il m'attrape. S'il m'attrape, je suis morte. Personne n'échappe à un Romano, surtout pas avec son argent, j'aurais dû m'en douter.

Je sens le sang refluer de mon visage et ma tête tourner lorsque le visage de Kane apparaît au-dessus de moi. Ses yeux rivés sur moi sont écarquillés et fous. Je ne peux rien faire hormis continuer à avancer, en espérant arriver à descendre avant lui.

Mais je rêve, non ? Je suis foutue.

11

KANE

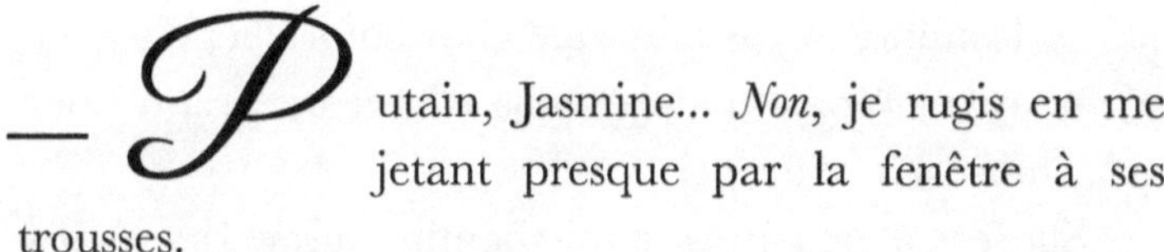

— **P**utain, Jasmine... *Non*, je rugis en me jetant presque par la fenêtre à ses trousses.

Mes muscles sont bandés, je la vois me regarder, complètement terrifiée. Elle descend prudemment le long de la paroi sans réussir à s'accrocher à quoi que ce soit. Mon cœur va bondir hors de ma poitrine, elle tâtonne légèrement, vacille, à deux doigts de chuter.

Les pensées qui bombardent mon esprit m'empêchent de réfléchir posément. Elle va mourir en essayant de descendre de la bâtisse, et il n'y a qu'un seul moyen de la sauver.

Je retourne dans la chambre, j'enlève les draps et je me saisis du matelas, que je fais passer de force par la petite porte. Je pars en mission et traverse le couloir avec le matelas. La sécurité de Jasmine est ma seule et unique préoccupation, je jette le matelas au bas des escaliers dans le couloir et je me précipite à sa rescousse.

Je n'entends rien à part le sang pulser dans mes

tympans, les gardes se précipitent vers le matelas, me dévisagent comme si j'étais devenu fou. Je dévale les escaliers en caleçon.

— Dégagez de mon chemin, je hurle en soulevant le matelas. Ouvrez la *porte*, vite !

L'un des gardes m'ouvre grand la porte. Je force le passage et me précipite sur le côté du manoir, en priant pour qu'elle soit toujours accrochée et ne se soit pas écrasée sur notre terrasse. Cette éventualité me terrorise.

Je la vois descendre lentement le long du mur et mon rythme cardiaque s'accélère.

— Jasmine, tu vas faire une chute mortelle, dis-je en positionnant l'épais matelas sous elle et en priant pour qu'il suffise à la sauver si elle chutait.

Elle est à peu près à mi-chemin, suspendue à dix mètres dans les airs.

Je meurs d'envie de grimper pour l'attraper, mais je sais que cela ne servirait à rien. Tout ce que je peux faire, c'est attendre qu'elle descende ou qu'elle tombe, cette éventualité me noue le ventre. Des gardes se précipitent vers moi.

- Que voulez-vous qu'on fasse, patron ?

Je les regarde et réalise que si je fais preuve de pitié envers Jasmine pour sa tentative de fuite, je passerai pour un faible.

— Laissez-moi m'en occuper et retournez à l'intérieur, je grogne en essayant de réprimer ma frayeur.

Les vigiles me regardent comme si j'avais perdu la boule, personne ne bouge. Ma mâchoire se crispe.

— J'ai dit rentrez à l'intérieur.

La peur se lit dans leurs yeux, tous pivotent pour rentrer dans la maison. Mon attention se porte à nouveau sur Jasmine, toujours sur le côté du bâtiment, éclairée par la lune et les lumières tamisées autour de la propriété. On dirait une merveilleuse statue, figée sur la paroi sans bouger.

— Jasmine, qu'est-ce que tu fabriques ?

— Je ne peux pas descendre, tu vas me tuer, dit-elle doucement mais assez fort pour que je l'entende, avant de secouer lentement la tête et d'éclater en sanglots.

C'est la pire chose à faire, pleurer accrochée à une foutue baraque, suspendue à une dizaine de mètres au-dessus du sol.

Le simple fait qu'elle imagine que je pourrai toucher à un seul de ses cheveux me met en rogne. J'ai renvoyé mes hommes, je ne veux pas qu'ils me voient m'occuper d'elle. C'est exactement ce que je compte faire quand elle sera redescendue et dans mes bras. J'ai encore plus envie de la cajoler et de l'enlacer étroitement pour qu'elle ne me quitte plus jamais.

— Une idée on ne peut plus éloigné de la vérité, ma chérie , dis-je en essayant de garder une voix agréable et détachée. Je ne te ferais jamais aucun mal.

— C'est pas vrai, aboie-t-elle en me dévisageant. Je sais de quoi tu es capable.

— Si je voulais te tuer, pourquoi j'aurais amené mon matelas au cas où tu tomberais ? dis-je les poings serrés.

Un long silence s'ensuit, ses sanglots ont heureusement cessé. Quel est son plan ? M'échapper et essayer de franchir la meute de dizaines de vigiles à la porte. Pour aller où ?

Jasmine sait de quoi nous sommes capables, personne n'échappe aux Romano, pas si on veut garder la vie sauve. Fait incroyable, je n'ai pas réussi à ordonner de l'abattre, quoi qu'elle ait fait. Je suis presque certain qu'elle pourrait me poignarder avec un couteau que je la protègerais quand même. Elle m'a marqué comme aucune autre femme ne l'a jamais fait, avec une exigence qui puise sa force dans des origines primitives.

— Tu vas m'obliger à escalader le mur pour venir te chercher ? je m'écrie, brisant le silence.

Je n'arrive pas à comprendre son marmonnement presque silencieux. Puis, je la vois recommencer à descendre, en essayant de s'accrocher prudemment aux pierres qui dépassent du mur. La voir faire est un spectacle angoissant. Je ne me souviens pas d'avoir eu autant la trouille.

Je me rapproche au fur et à mesure qu'elle descend, prêt à la rattraper en cas de besoin. Un glapissement fait accélérer mon cœur alors qu'elle glisse et tressaille, manque tomber pour de bon mais parvient à se retenir d'une main.

— Merde, Jasmine, tiens bon.

Je n'ai pas le choix, elle va tomber, et même s'il ne reste que trois petits mètres, j'ai constaté que même les petites chutes peuvent s'avérer fatales. Je m'agrippe à une pierre du mur et j'escalade rapidement, sous l'effet de l'adrénaline et du désir fou de sauver ma femme, ma Jasmine.

J'avance rapidement sans hésiter, je mets en pratique

mes compétences rouillées en matière d'escalade datant de mon enfance. Jasmine s'accroche toujours, pousse un gémissement alors que je me rapproche.

— Jasmine, passe ton bras libre autour de mon cou.

Elle me regarde, ses yeux bleus sont brillants de larmes au clair de lune, elle est incroyablement belle, même terrifiée.

— Chérie, vas-y maintenant, j'essaie de t'aider.

Après de nouvelles hésitations, elle enroule ses bras autour de mon cou, et je ressens un vrai soulagement en sentant son poids.

— Cramponne-toi fermement sur mon dos, j'entame la descente.

Elle hoche légèrement la tête, plante ses dents dans sa lèvre inférieure. Ses deux bras s'enroulent autour de mon cou et je la porte entièrement.

— Tu vas devoir m'aider, plante ton pied là où tu peux pendant la descente.

Elle ne dit pas un mot, s'accroche fermement à moi et trouve un point d'appui sur le mur de pierre. Lentement, nous avançons en silence, nous nous frayons un chemin vers la sécurité. La douleur qui déchire mes muscles ne ressemble à rien de ce que j'ai connu. J'ai peut-être sous-estimé l'effort que représente grimper en portant quelqu'un d'autre. Chaque muscle de mon corps est soumis à une tension extrême pour supporter nos deux poids alors que la pierre entaille mes mains.

Je pousse un grognement sourd et je bloque mentalement la sensation de douleur, je l'ignore. Lorsque nous touchons le matelas moelleux, je me retourne et l'attrape, m'effondre sur le matelas, je l'attire contre moi et la serre dans mes bras. Ma respiration est difficile et saccadée, mes mains coupées et douloureuses mais je m'en fiche royalement. Jasmine est en sécurité dans mes bras et je contemple les étoiles scintiller au-dessus de nos têtes.

Je ne sais pas trop quoi dire, mon cœur s'emballe sous sa tête. Elle le sent assurément battre fort et vite. Un frisson la parcourt tandis qu'elle tremble dans mes bras, garde les yeux fermés.

— Tu m'as fait une peur bleue, je halète en caressant doucement ses cheveux.

Ses yeux s'ouvrent grand et elle me dévisage, visiblement surprise.

— Tu as eu peur ?

Son air confus prête à rire, elle ignore tout de mes sentiments. Possessif et protecteur sont les deux adjectifs qui me viennent à l'esprit. Nous restons un moment dans un silence absolu, tandis qu'elle contemple les étoiles.

— Elles sont magnifiques ce soir, n'est-ce pas ? je murmure tout près de son oreille.

Elle acquiesce, garde les yeux rivés sur la voute céleste tandis que je l'observe. Les étoiles sont belles, mais pas autant que la fille dans mes bras.

— Pas aussi belles que toi, cependant, je murmure en embrassant doucement sa joue.

Elle frémit, visiblement confuse.

— Tu ne vas pas me punir ?

Je souris.

— Hmm, j'aimerais te donner une bonne fessée, je

grogne en tapotant doucement les fesses, le geste la fait sursauter.

Ses lèvres s'écartent et le rouge lui monte aux joues, je bande illico.

— Allez, rentrons. Tu es gelée.

Elle acquiesce et je l'aide à se relever en gardant ma main sur son dos. J'attrape le matelas d'un bras et garde l'autre sur son dos. Nous marchons lentement dans le couloir, sous le regard attentif des gardes. Ils se demandent certainement pourquoi je ne la punis pas, mais j'en suis incapable.

Cette femme est en train de me changer, et je ne suis pas sûr que ce soit une bonne chose. Seul le temps nous le dira.

12

JASMINE

Ma tentative d'évasion a échoué de façon épique. Si je n'étais pas aussi effrayée, je serais probablement gênée de voir à quel point je suis pathétique et inutile.

Je me tiens au centre de la pièce, tremblante. Le pire est arrivé. Kane Romano m'a surpris en train d'essayer de m'échapper, et je suis convaincue qu'il ignore tout de l'argent que j'ai volé et caché dans mon soutien-gorge. Je dois le récupérer d'une manière ou d'une autre, il ne me le pardonnera certainement pas.

Kane n'a pas dit un mot depuis qu'il m'a ramenée dans sa chambre. Quand il est venu pour me faire descendre, il m'a serré super fort, comme s'il craignait que je disparaisse, je me m'y attendais absolument pas. Maintenant, il est sagement assis au bord du lit, la tête dans les mains. Le silence est pire que s'il me criait dessus. Je ne sais pas du tout à quoi m'attendre.

Il se déplace et je tressaille, se lève et se dirige vers

ses vêtements posés sur la chaise dans le coin. Mon cœur se serre lorsqu'il cherche directement dans la poche qui abrite son portefeuille. Tout ce que je peux faire, c'est rester là et attendre qu'il découvre mon vol. Il ouvre le portefeuille et pousse un profond soupir.

— Tu m'as fait les poches.

Je ne sais pas quoi répondre et je me contente de scruter le sol en attendant sa punition. Je ne m'attendais pas à ce que ma vie s'achève à dix-huit ans seulement. Il s'avance vers moi, mon corps est tendu et tremblant. Je suis prête à affronter la gifle, j'attends la douleur. Au lieu de cela, il prend mon menton dans sa main et tourne doucement mon visage pour croiser son regard.

Je ne décèle aucune colère dans ses yeux, juste une immense déception et une tristesse stupéfiantes.

— Où est l'argent ? demande-t-il doucement, en caressant mon menton du bout des doigts.

Je baisse les yeux vers mon décolleté, il n'a pas besoin que je parle. Il grogne doucement, les yeux rivés sur mes seins, lâche mon menton et introduit lentement ses doigts dans mon soutien-gorge, titille mon mamelon à la recherche de la liasse de billets. Mes cuisses se serrent sous la caresse et je mordille ma lèvre pour étouffer un gémissement.

— L'autre bonnet, dis-je à voix basse.

Un éclair de désir passe dans ses yeux sombres, mon pouls accélère. Comment cet homme peut à la fois m'effrayer et m'exciter ?

Ses doigts s'immiscent dans l'autre bonnet, frôlent à dessein mon mamelon durci qui se dresse davantage. Il prend son temps pour retirer lentement la liasse du soutien-gorge, avant de la jeter par-dessus sa veste sur la chaise. Le silence retombe, et je ne sais pas si je suis excitée ou effrayée en le regardant, ne sachant pas ce qu'il compte faire.

La tension ambiante me coupe le souffle quand il se jette soudainement sur moi. Ses lèvres s'écrasent sur les miennes, il me soulève dans ses bras, me force à m'accrocher à lui. Mon rythme cardiaque s'accélère tandis que sa langue parcourt mes lèvres, cherchent à y pénétrer.

Je sais que cet homme est un monstre mais je perds la tête quand ses lèvres se posent sur les miennes. Mes lèvres s'entrouvrent pour le laisser passer, il m'embrasse voracement, sa langue fouille ma bouche comme un homme avide et possédé.

Je geins dans sa bouche pendant qu'il suce ma langue, la douleur palpite entre mes cuisses. Ma culotte est mouillée, je la sens s'humidifier davantage tandis que ses doigts pétrissent mes fesses.

Il m'attire plus près, je tends la main vers son large torse musclé. Il est tout en muscles sous mes paumes, je pousse un gémissement quand son gros sexe en érection s'enfonce dans mon bas-ventre, je suis folle de lui.

Il s'éloigne, ce qui suffit à me ramener à la réalité. Qu'est-ce que je fabrique ?

— Jasmine, sache que je ne te ferais jamais aucun mal.

Je lève les yeux vers lui, de la douceur émane de sa voix.

— Mais je t'ai volé. Personne ne vole la famille Romano et s'en sort indemne.

Un éclair de quelque chose passe dans ses yeux.

— Personne n'a besoin de le savoir. Ça restera entre nous, d'accord ?

J'acquiesce lentement, je me demande pourquoi il laisse passer un truc pareil. Il prend mes mains dans les siennes et me conduit au bord du lit, me force à m'asseoir.

— Jasmine, je ne le dis à personne, mais je vais te faire confiance, dit-il en écartant les cheveux de mon visage et en les mettant derrière mon oreille. Nous faisons ce que nous avons à faire parce que nous avons des ennemis partout. Beaucoup de gens veulent faire plonger les Romano, nous conservons notre toute-puissance en sauvegardant les apparences. Il se déplace légèrement, me fixe plus intensément. L'homme dans cette pièce est le vrai Kane Romano. A l'extérieur, je dois sauver les apparences et présenter l'image du personnage brutal connu de tous. C'est ce qui nous permet d'assurer notre sécurité et de rester au pouvoir.

Je me mords la lèvre et regarde mes genoux, je me rappelle les supplications des pauvres hommes abattus par Rick tout à l'heure. Ce sont des meurtriers. Comment puis-je cautionner ce comportement ? Ce n'est pas quelque chose que l'on accepte simplement parce que l'on est attiré par un homme.

— Ce que tu fais est mal, je murmure.

À ma grande surprise, il acquiesce.

— Je sais, je l'ai toujours su, avant de se taire un instant. Malheureusement, mon père ne m'a pas laissé le choix. Je fais partie du clan, que je le veuille ou pas, et crois-moi, j'ai essayé de lutter.

— Tu n'aurais pas pu t'enfuir ?

— Cela n'aurait servi à rien. La mafia a des yeux partout, déclare-t-il avec un petit sourire aux lèvres. Je suis curieux de savoir où tu comptais aller pour croire que je ne te retrouverais pas ?

Je sens mes joues s'échauffer, mon plan était peut-être stupide en fin de compte.

— Sur la côte ouest... je me suis dit...

— Tu t'es dit que puisque nous régnons sur la côte est, je ne te retrouverais pas. Tu as beaucoup à apprendre sur notre organisation. On a des antennes dans toute l'Amérique du Nord.

— Je ne veux pas apprendre à connaître ce milieu... je ne veux rien avoir à faire avec tout ça.

Son cœur se serre comme si je l'avais blessé, mais c'est la vérité. Ce n'est pas une vie que je choisirais de mon plein gré. Je suis retenue ici contre mon gré, la seule raison de ma présence ici.

Kane soupire pesamment et se frotte la nuque.

— Je te comprends. Il se lève et se dirige vers la chaise dans le coin, attrape la liasse de billets. Il revient et dépose l'argent sur mes genoux. Je ne te retiendrai pas ici contre ton gré plus longtemps.

— Tu me laisses partir ? Mes yeux s'écarquillent et je fixe l'argent, sous le choc.

Je décèle une profonde tristesse dans ses yeux, il acquiesce.

— À quoi bon te garder dans un endroit où tu ne

veux pas être ? Il me tourne le dos et se dirige vers la fenêtre, regarde dehors. Où iras-tu ?

Je réfléchis un moment sans trouver de réponse. Le fait est que je ne veux rien avoir à faire avec Alex, pas après ce qu'il a fait. Cet homme est un salaud. Ethan me dépannera un certain temps. Je suis sûre qu'il me laissera dormir chez lui quelques nuits.

— Chez un ami.

Il se crispe et se tourne vers moi.

— Quel ami ?

— Pourquoi veux-tu le savoir ? je demande avec agacement.

— Je ne voudrais pas... Je ne veux pas qu'il t'arrive quelque chose, Jasmine.

Sa voix est franchement sincère, mon cœur se serre, ma respiration se bloque. Cet homme que je qualifiais de monstre ne se comporte absolument pas comme tel. Il me laisse partir, je m'attendais à tout sauf à ça.

— Ne t'inquiète pas, il ne me fera jamais de mal.

Un éclair passe dans ses yeux quand je lui révèle qu'il s'agit d'un homme. Sa mâchoire se crispe et ses poings se serrent, mais il hoche la tête.

— Je vais t'appeler un taxi.

Je le regarde s'éloigner en le suivant du regard. Mon estomac se noue en observant l'homme que j'ai désiré toute la semaine dernière. Ça fait une semaine que Kane m'a enlevée du club de mon beau-père mais j'ai l'impression que ça fait une éternité. J'apprécie la sensation de sécurité quand je suis dans ses bras, mais je ne peux pas rester.

Il revient, me regarde à peine.

— Le taxi a été prévenu. Tu peux l'attendre dans le hall si tu préfères.

Je déglutis difficilement, c'est surement ce qu'il y a de mieux à faire. Si je reste ici avec lui, je pourrais changer d'avis et ne pas le quitter. Sans un mot, je me dirige vers lui et me hisse sur la pointe des pieds.

Mes lèvres rencontrent les siennes dans un baiser d'adieu doux et tendre, j'ai le cœur gros. Nous nous séparons et je murmure,

— Merci, Kane, avant de me tourner et quitter sa chambre, sans oser me retourner. Le quitter est difficile, bien qu'il soit un monstre.

Mon cœur bat la chamade quand je referme la porte et m'y appuie. J'ignore à quoi ressemblera ma vie maintenant que je ne peux plus compter sur mon beau-père, mais peu importe à quel point mon corps a envie de Kane, son univers n'est pas le mien.

Je sors mon téléphone de ma poche et j'envoie un texto à Ethan, tout en me dirigeant vers le hall pour attendre mon taxi. Deux vigiles me regardent bizarrement. Mon téléphone vibre et mon estomac se noue quand je prends connaissance du message.

Ethan : *Désolé, je suis absent jusqu'à la semaine prochaine. Appelle-moi à mon retour et je t'aiderai. Promis.*

Merde.

J'ai oublié qu'Ethan est absent pour la semaine, il rend visite à sa famille au Canada. Soudain, je me sens impuissante et misérable. La seule personne sur laquelle j'aurais pu compter pour m'aider est absente. Mon beau-père est mort pour moi, et hors de question de retourner chez lui.

Où diable suis-je censée aller ?

Mes doigts cherchent le billet que Kane m'a donné. Je pourrais réserver une chambre d'hôtel, mais je n'ai pas envie d'être seule en ce moment. J'ai secrètement étrangement envie de remonter les escaliers et annoncer à Kane que je n'ai nulle part où aller.

Il me laisserait rester ?

13

KANE

e regarde par la fenêtre le taxi s'éloigner en emportant Jasmine sur la longue route sinueuse, elle sort de ma vie pour toujours. J'ai l'impression qu'il emporte une partie de moi, qu'il emporte la femme vers laquelle j'ai été attiré de façon irrépressible depuis notre rencontre. Le contact de ses lèvres absentes s'attarde encore sur les miennes.

Elle n'est partie que depuis dix minutes, après m'avoir embrassé doucement, mais elle me manque *déjà*. Une douleur terrible étreint ma poitrine à l'idée de ne plus jamais la revoir. La laisser partir m'a presque anéanti, mais je n'avais pas le choix.

Qu'est-ce qu'elle m'a fait ?

On frappe à ma porte et je serre les poings. La dernière chose dont j'ai besoin en ce moment, c'est qu'un de mes frères fasse des remarques au sujet de son départ, parce que mon plan n'a pas fonctionné. J'imagine que Léo va se foutre de ma gueule, il va dire que je suis trop vieux pour me taper une jeunette. Je ne prends pas la peine de répondre, j'espère que cette personne partira et comprendra. Mais les coups redoublent, des coups rapides, je soupire bruyamment.

J'ouvre la porte et je reste bouche bée. Je reste rarement interdit mais Jasmine se tient de l'autre côté.

— Quoi... comment tu...

Je passe une main dans mes cheveux, je me demande si je n'ai pas perdu la boule, je dois avoir des hallucinations.

— J'ai envoyé un message à mon ami mais il absent pour toute la semaine... dit-elle en mordillant sa lèvre. Je n'ai nulle part où aller, il est tard, je pourrais réserver une chambre d'hôtel, mais...

— Mais quoi ? dis-je stupéfait, mon cœur bat la chamade.

— Je ne veux pas rester seule, déclare-t-elle d'une petite voix fragile, presque vulnérable, en tortillant nerveusement ses doigts.

— Tu peux rester ici si tu veux, en tant qu'invitée, pas prisonnière.

Elle plisse les yeux et je lève les mains.

— Je peux te donner ta propre chambre. La porte ne sera pas fermée à clé et tu seras libre de partir quand tu voudras.

Elle regarde le sol, se dandine d'un pied sur l'autre. Quand elle me regarde à nouveau, ses yeux brûlent d'un *feu* ardent, un feu très dangereux.

— Je préfère rester dans ta chambre jusqu'à ce qu'il revienne en ville, je partirai après.

Ma bite tressaille et goutte dans mon caleçon à l'idée

qu'elle veuille partager mon lit ce soir. Pas parce que je la force, mais parce qu'elle en a envie.

— Je croyais que tu ne voulais pas approcher d'un monstre.

La culpabilité se lit sur son visage alors qu'elle mord à nouveau sa lèvre.

— Pardon d'avoir dit ça.

J'ai un drôle de picotement dans l'estomac à l'idée que cette femme s'excuse auprès de moi, même après tout ce qui s'est passé. Elle me fixe de ses grands yeux bleus innocents.

— Je peux rester avec toi ce soir ?

Cette fille m'échauffe les sangs. Ma bite est plus dure qu'un roc dans mon caleçon moulant. Il n'y a pas de limite à ce qu'un homme peut supporter avant de ne plus pouvoir. Jasmine est la tentation incarnée, plus elle passe de temps en ma compagnie, plus j'ai envie de la baiser. Je ne peux pas me relâcher. Elle est *vierge*, bordel de merde.

Je hoche à peine la tête et je m'écarte pour la laisser entrer. Au moment où je ferme la porte, elle se jette dans mes bras et m'embrasse fougueusement. Mes muscles se tendent sous l'effet de surprise, avant de se détendre, lentement. Mes bras s'enroulent autour de son corps, je l'attire contre moi, ma langue se mêle à la sienne.

Elle s'écarte, essoufflée et sublime, ses joues teintées d'un joli rose, ses yeux bleus dilatés par le désir.

— Tu es sûre que ton ami n'est pas en ville ? Ou c'était juste une excuse pour continuer à m'embrasser ?

La rougeur de ses joues s'accentue et elle secoue la tête en sortant son téléphone de sa poche.

— Non, c'est la vérité, regarde.

Elle brandit son téléphone avec un texto de son ami, Ethan.

Je serre les dents en pensant à son départ pour rester chez un autre homme, dans une semaine. Un type qui pourrait abuser d'elle, surtout sans moi pour la protéger. J'ai apparemment du pain sur la planche pour lui donner envie de rester.

Elle me regarde, sort le billet de sa poche et essaie de me le rendre.

— À quoi tu penses ? demande-t-elle.

— Je te l'ai donné, c'est à toi, dis-je en repoussant sa main.

Elle écarquille les yeux mais range l'argent dans sa poche. Je passe mes bras autour de sa taille et la soulève.

— Et pour répondre à ta question, je pense qu'il est temps que je te punisse pour avoir essayé de filer par la fenêtre.

Son corps se transforme en statue de pierre dans mes bras, la peur dans ses yeux soudain limpide comme de l'eau de roche.

— Une bonne punition, pas une mauvaise, je murmure en effleurant son oreille du bout des lèvres, et la déposer délicatement au milieu du lit.

— Mets tes mains au-dessus de ta tête et ne les bouge pas, d'accord ?

Elle me fixe, hésite un instant, mordille sa lèvre inférieure. Elle est vraiment magnifique comme ça. Je pousse un soupir de soulagement lorsqu'elle acquiesce et met ses bras au-dessus de sa tête, entrelace ses doigts.

Je la regarde au milieu de mon lit, ma bite palpite

dans mon caleçon. J'ai essayé de me retenir mais venir me voir et me demander de rester dans ma chambre est la goutte d'eau qui a fait déborder le vase.

Je déboutonne son jean et le descends lentement le long de ses hanches et ses jambes, révélant un string en dentelle qui couvre tout juste sa jolie chatte. Le tissu est humide, mouillé par son excitation, mes couilles ne demandent qu'à se vider.

J'embrasse la peau douce de ses cuisses, je dépose lentement des baisers de plus en plus près de sa chatte toute chaude. Elle me fixe avec des yeux ronds, ses joues arborent un joli rose. Je la goûte à travers sa culotte, je lèche le nectar délicieux qui s'en échappe et suce son clitoris à travers le tissu.

Jasmine halète, griffe les draps comme si aucun homme ne lui avait jamais fait de cunninlingus. Mon sang palpite encore plus fort dans mes veines. Serais-je le premier homme à la toucher à cet endroit ? Je détache mes lèvres des siennes et plonge mon regard dans ses iris bleu brillant.

— Chérie, tu as dit que tu étais vierge, tu as déjà fait d'autres choses avec des hommes ?

Une lueur indéfinissable passe dans ses yeux, elle secoue la tête et se mord à nouveau la lèvre. Je ne peux contenir le grognement qui me déchire la poitrine alors que j'attrape l'élastique de sa culotte et la lui arrache, mes yeux affamés découvrent sa chatte parfaite, vierge.

Je perds mon sang-froid, ma langue la pénètre, je goûte son nectar suave. Aucun homme ne s'est jamais aventuré ici et ne s'y aventurera *jamais*, pas quand j'en aurai terminé avec elle. Elle m'appartient. J'empoigne fermement ses hanches, j'enfonce mes doigts dans sa peau douce tout en branlant son orifice étroit avec ma langue.

Mon sexe goutte dans mon caleçon, une tache humide imbibe mon boxer. Les paupières de Jasmine sont fermées et elle gémit doucement en gardant ses bras au-dessus de sa tête comme je le lui ai demandé. Elle est peut-être d'un naturel docile, obéir ne semble pas la gêner, elle semble dans son élément.

— Ouvre les yeux, ma chérie, dis-je en gémissant contre son clitoris. Je veux voir exactement l'effet que je te fais.

Ses paupières s'ouvrent d'un coup et elle me fixe, soudain écarlate. Mon Dieu, voir l'effet produit est hyper sexy. J'aspire son clitoris gonflé et palpitant dans ma bouche, en soutenant son regard. Ses lèvres pulpeuses s'entrouvrent et elle aspire une grande bouffée d'air, pousse un gémissement quand je la lèche et la suce de façon plus appuyée.

Elle est incroyablement humide et plus douce que tout ce que j'ai jamais goûté. Je pourrais mourir heureux en me régalant avec cette fille. Je la fixe un instant avant de plonger mon doigt en elle. Elle pousse un cri de surprise, cri qui se mue en gémissement. Elle est toute serrée sur mon doigt qu'elle enserre comme dans un étau. J'ai très envie d'être en elle et de sentir cet étau de rêve tandis qu'elle s'accroche à moi.

Je gémis, je lèche son clitoris et je la doigte. Ses yeux sont ouverts, ses pupilles dilatées par la luxure, ses joues plus roses que rouges. Elle se détend et se laisse aller aux sensations, apprécie ce que je lui fais ressentir, mes couilles n'en sont que plus douloureuses. Mon poing se referme à travers le tissu autour de ma verge dure comme de la trique, je me régale d'elle, de son goût.

— Je peux le revoir ? demande-t-elle d'une toute petite voix, les yeux rivés sur la protubérance de mon caleçon.

Je ne peux m'empêcher de sourire, d'acquiescer et de passer un doigt sous l'élastique de mon caleçon. Ma bite se libère, frappe mes abdominaux. Je bande tellement que c'est presque douloureux. Jasmine halète, les yeux encore plus écarquillés.

— C'est encore plus gros que dans mes souvenirs, dit-elle, presque trop doucement pour que je l'entende.

Je me caresse de la base jusqu'au gland sans quitter sa chatte parfaite des yeux. J'ai déjà senti ses tétons dans son soutien-gorge, j'ai envie de voir ses seins et sucer ses mamelons durcis.

— Enlève ton tee-shirt et ton soutien-gorge, j'ordonne.

Elle enlève le haut par-dessus sa tête et découvre ses seins sublimes dans un soutien-gorge noir en dentelle sans hésiter. Je pousse un grognement quand son soutien-gorge se détache. Ses seins sont les plus parfaits que j'aie jamais vus. Ses mamelons roses durcis me supplient de les sucer. Elle me regarde fixement les lèvres entrouvertes. Je gémis et me masturbe encore plus vigoureusement, du sperme coule sur le lit et le salit.

Je me baisse et suce ses mamelons, je prodigue mes attentions à chacun d'eux. Ses gémissements sont une douce musique à mes oreilles.

— Je peux... Jasmine s'interrompt et plante ses dents dans sa lèvre inférieure.

— Que veux-tu, ma chérie ? je demande, ma bite palpite dans ma main.

— Je peux te goûter ?

Je gémis, davantage de sperme se répand sur le lit en imaginant ses lèvres pulpeuses sur ma queue.

— Putain, oui, mais après t'avoir fait jouir.

Elle gémit, laisse sa tête reposer sur l'oreiller et garde ses bras au-dessus de sa tête, je retourne entre ses cuisses. Mon sperme coule à flot, j'ai une envie folle d'éjaculer mais je garde ma main loin de ma bite et me réserve pour la petite bouche pulpeuse de Jasmine. Je me délecte encore plus, poussé par une envie irrépressible de la posséder.

Aucun homme ne l'a jamais caressée à cet endroit, et aucun homme ne la caressera jamais.

— Dis-moi que tu m'appartiens, ma chérie, je grogne contre sa chatte en léchant son clitoris.

Elle gémit, me fixe les yeux ronds.

— Je suis à toi, murmure-t-elle doucement.

J'arrête de la lécher et elle pousse un gémissement en me regardant.

— Je veux t'entendre dire que tu es à moi, je gronde en empoignant ma verge gonflée.

Elle mordille sa lèvre inférieure et je passe légère-ment mon pouce sur son clitoris, elle en redemande.

— Je t'appartiens... Maître.

Mon corps tressaille et tout mon self-control part à la trappe. C'est tordu et détraqué, mais j'adore ça. Je rêve de l'entendre m'appeler maître depuis notre rencontre.

J'enfonce deux gros doigts dans sa chatte humide et étroite, je lèche et mordille son clitoris plus fougueusement.

Elle gémit, entrelace ses doigts dans mes cheveux et désobéit à mon ordre de garder ses bras au-dessus de sa tête. Je la vois sur le point de jouir, ses muscles se contractent et palpitent sur mes doigts, sa respiration est plus profonde et plus saccadée.

— Oh, mon Dieu, gémit-elle, les yeux révulsés.

— Regarde-moi, ma chérie, c'est un ordre.

Ses yeux se posent sur les miens un instant et je les vois se dilater alors qu'elle bascule. La tension autour de mes doigts augmente et elle éjacule. Je passe de son clitoris à sa fente, lèche la moindre goutte de son nectar divin.

Ma mission terminée, je remonte lentement et dépose des baisers sur tout son corps, jusqu'à ses mamelons parfaits et pointus. Lentement, j'effectue des cercles, je les rends encore plus durs. Jasmine gémit, lèche ses lèvres, les yeux attirés par ma grosse bite dégoulinante.

— Tu as toujours envie de goûter ?

Elle acquiesce, je l'attire vers moi et je l'embrasse, je la force à se goûter sur ma langue.

— Suce la bite de ton maître comme une fille obéissante, je grogne en m'asseyant et en me branlant d'une main.

Elle se déplace timidement pour s'agenouiller devant moi, tend une main pour attraper ma verge. Mon sexe semble énorme à un point ridicule dans sa petite main, elle le regarde avidement, ajoute son autre main pour me caresser de haut en bas. Je gémis sous la caresse, j'imagine ses lèvres parfaites sur moi. Elle baisse la tête et lèche le sperme qui perle du gland, elle me goûte.

Elle referme ses lèvres autour du gland et fait tourner sa langue autour de la base, davantage de sperme chaud coule sur sa langue.

— Oh oui, comme ça, ma chérie, je grogne.

Ça l'excite, elle me laisse m'enfoncer davantage dans sa bouche, prend une petite quantité de sperme dans sa gorge. Elle recule, aspire une bouffée d'air avant de se jeter à nouveau dessus. Sentir ses lèvres sur moi est un pur délice, elle m'accueille davantage très lentement dans sa gorge.

— Respire par le nez, Jasmine, je gémis en enroulant ses cheveux autour de mon poing.

Il me faut tout mon sang-froid pour ne pas m'enfoncer complètement dans sa petite gorge étroite. Je me répète qu'elle est vierge. Elle libère complètement ma bite et me regarde en hésitant, elle souhaite manifestement dire quelque chose.

— Tu aimerais une gorge profonde, maître ?

Je grogne, je l'attrape par le cou et l'attire vers moi. Le contrôle de mon côté dominateur s'effrite peu à peu alors que je l'embrasse goulument, elle gémit.

— Je vais baiser ta gorge, ma petite. Agenouille-toi au bord du lit.

Je me lève et me plante devant elle, elle obéit et me regarde en attendant mes instructions.

— N'oublie pas de respirer par le nez et de te détendre.

Elle hoche la tête, ouvre grand la bouche et m'invite

à entrer. J'attrape ma verge et la guide entre ses lèvres, j'oblige le gland à venir toucher le fond de sa gorge.

Lentement, je baise sa gorge en m'enfonçant toujours plus profondément. Jasmine continue de respirer par le nez et bave sur ma bite. D'épais filaments de salive dégoulinent tandis qu'elle me branle à fond.

— C'est bien, ma petite. Prends ma bite dans ta jolie petite bouche, je gémis en m'enfonçant au fond de sa gorge.

Les larmes lui montent aux yeux alors que sa gorge m'accueille. Je m'arrête, je la laisse reprendre son souffle un instant avant d'y retourner. Elle gémit, les yeux dilatés par le désir tandis que je savoure la fellation. Ma bite est au bord de l'explosion mais je me force à reculer, je l'embrasse et goûte mon sperme sur sa langue.

— Je vais jouir, ma belle, je grommelle en passant la main entre ses cuisses, mes doigts plongent dans sa vulve trempée.

Elle s'éloigne et ouvre à nouveau grand la bouche.

— Tu aimerais avaler mon sperme ? je demande, en me branlant.

Elle hoche la tête, ses yeux bleu brillant luisent d'impatience.

— Allez suce-moi, Jasmine.

Mon gland est sur sa langue. Sa petite main se referme à la base de mon membre épais, ses lèvres l'enveloppent. Je grogne quand sa langue contourne mon gland gonflé, du sperme coule sur sa jolie petite langue. Je ne mets pas longtemps à éjaculer d'épaisses giclées de sperme nacré dans sa gorge en rugissant.

Elle en avale la plupart, le reste coule sur son

menton. Impossible de ne pas rester bouche bée devant sa beauté, surtout quand mon sperme dégouline sur sa peau douce. Je tends la main et l'essuie avec mes doigts.

— Ouvre la bouche.

Elle obtempère et j'enfonce mes doigts à l'intérieur, je l'oblige à les lécher. Elle ronronne sur mes doigts, les suce jusqu'à ce qu'il ne reste plus la moindre goutte. Je l'attrape et l'attire contre moi, je m'effondre sur le lit avec elle dans mes bras.

Je sais que cette femme est dangereuse, surtout pour ma réputation, mais je ne trouve pas la force de m'en préoccuper. Je n'ai jamais été aussi heureux.

JASMINE

Sans mentir, l'absence d'Ethan est un vrai soulagement. Pour une raison étrange et tordue, Kane m'effraie et m'excite en même temps. Je n'ai jamais rencontré d'homme que je désire autant.

Sa façon de me faire jouir sur son visage, plus violemment que jamais, me donne encore plus envie de lui.

Je lui ai fait une fellation, c'était encore meilleur que dans mes rêves les plus fous. Il avait le goût de l'homme et c'était encore plus bandant quand j'ai sucé sa bite. Les bruits qu'il faisait me donnaient l'impression d'être toute-puissante, d'arriver à faire perdre son sang-froid à un homme tel que lui. J'ai envie qu'il me pénètre jusqu'à la garde et me dépucèle une bonne fois pour toutes.

Je n'ai jamais rien fait hormis sortir avec un mec avant, mais les fois où j'ai embrassé un homme n'ont rien à voir avec les baisers de Kane. Une partie secrète et pervertie de ma petite personne rêve qu'il prenne ma virginité. J'ai envie qu'il m'attache à son lit et fasse de moi ce qu'il veut. Cette facette de ma personnalité prend le dessus après ce qu'il m'a fait l'autre soir.

Seul hic, il ne m'a pas touchée depuis quarante-huit heures. Le bruit de l'eau résonne dans la pièce, il se douche après une journée à l'extérieur. J'ai l'estomac noué, je ressens le désir inavouable de faire quelque chose de *coquin*. J'ai envie de me déshabiller et de le rejoindre sous la douche pour l'obliger à me caresser à nouveau.

Je me lève de la chaise placée dans l'angle de la chambre et me déshabille pour éviter d'y réfléchir à deux fois. Mon cœur tambourine tandis que je me dirige vers la salle de bains, nue. Le voir nu sous la douche, dos tourné, m'excite. Le tatouage qui serpente sur sa nuque est fabuleux.

Ma détermination commence à faiblir, quand soudain, il se retourne. Ses yeux croisent les miens, son regard se pose sur mon corps nu. Son regard farouche me fait frémir, sa main glisse sur sa bite en érection. Je le regarde se caresser de la base à la pointe, en me dévisageant.

- Tu entres ou tu regardes ? marmonne-t-il.

Le rouge me monte aux joues en réalisant que je reste plantée là à le regarder comme une idiote. Je me dirige vers la cabine de douche, il ouvre la porte et me laisse entrer. Ses mains sont sur moi en une seconde, tout mon corps s'embrase.

— Tu imaginais la sensation de ma langue sur ta petite chatte parfaite ? susurra-t-il en introduisant ses doigts entre mes lèvres humides. C'est pour ça que tu es là, toute nue, pour le deuxième round ?

Mes dents s'enfoncent dans ma lèvre inférieure et j'acquiesce, incapable de parler, horriblement gênée.

— Gentille fille, grogne-t-il en m'empoignant plus fermement.

Sa main parcourt les courbes de mon corps, joue avec mes mamelons. Je gémis quand il attrape ma gorge, incline ma tête vers lui et m'embrasse avec fougue.

Nous restons sous la douche, à nous embrasser et à nous caresser longuement. Il ne fait pas grand-chose hormis me doigter, avant de fermer le robinet. Je suis déçue qu'il n'aille pas plus loin.

Il passe ses bras autour de ma taille, me soulève de la cabine de douche et me porte jusqu'au lit. Je tressaille quand il me dépose au milieu et monte sur moi. Je pose ma main sur son torse musclé et m'autorise enfin à admirer sa silhouette imposante, je frémis d'impatience.

— Le moment est venu de te faire jouir non-stop, tu seras tellement épuisée que tu ne pourras plus garder les yeux ouverts, gémit-il, ses doigts remontent le long de mes cuisses et écartent mes jambes. Maintenant, garde tes mains au-dessus de ta tête.

Je pousse un gémissement, extrêmement surprise par mon degré d'excitation. S'entendre dire quoi faire par un homme comme Kane, ne pas avoir à tout contrôler pour une fois, est à la fois libérateur et exaltant. Je lève mes mains au-dessus de ma tête et garde mes yeux rivés sur les siens, tandis que sa bouche descend jusqu'à mon sexe avide.

Je sursaute quand il mordille légèrement mon clito-

ris, la morsure envoie une déferlante de douleur lanci-
nante dans tout mon corps. Cet homme sait comment
m'exciter avec sa bouche, je voudrais que ça ne s'arrête
jamais, une pensée dangereuse, une pensée interdite
même, mais c'est plus fort que moi. Je désire Kane
Romano de tout mon être.

Sa langue plonge dans ma vulve trempée et il me
goûte en profondeur. Constater à quel point il peut me
donner du plaisir avec sa bouche est hallucinant. Je *veux*
que cet homme me dépucelle, aucun doute n'est permis.
Je veux sentir son énorme bite remuer en moi, me
posséder.

— Baise-moi, dis-je en gémissant.

Ses lèvres s'arrêtent et il me regarde dans les yeux en
secouant la tête.

— Je ne peux pas, tu es vierge.

Je boude, j'essaie de l'amadouer en faisant mes yeux
de chien battu.

— J'ai envie de toi, Kane... tout entier.

Sa bite tressaille de manière flagrante, un épais filet
de sperme se déverse sur les draps. Il gémit et ferme
momentanément les yeux.

— Je veux que tu m'attaches au lit et que tu me
prennes, dis-je en suppliant, je mouille.

Ses paupières s'ouvrent et il secoue à nouveau la tête.

— Je ne peux pas te déflorer, Jasmine, ce ne serait
pas juste.

— Pourquoi ?

Il laisse échapper un long soupir, titille ma vulve
palpitante.

— Parce que si j'étais le premier homme à coucher

avec toi, je ne te laisserais plus jamais partir, dit-il en secouant la tête. Tu serais à moi *pour toujours*, Jasmine.

Je mordille ma lèvre et réfléchis. C'est exactement ce que je veux, lui et moi pour toujours. C'est ridicule mais c'est la stricte vérité. Quand il m'a laissée partir l'autre jour, je savais au fond de moi que je ne voulais pas le quitter.

Je m'étais toujours juré d'être différente de ma mère et de ne pas succomber à des criminels, mais Kane n'est pas comme les hommes que ma mère fréquentait. Il est adorable et prévenant, même si son travail est tout le contraire.

— Je veux être à toi, je murmure en gardant mes yeux rivés sur les siens.

Il grogne, se rapproche et m'embrasse fougueuse-ment. Je sens mon goût sur ses lèvres, ça me donne encore plus envie de le sentir en moi.

— S'il te plaît, je gémis dans sa bouche.

Il me mord la lèvre, la sensation me procure une douleur agréable.

— Tu ne réalises pas ce que tu demandes...

— S'il te plaît, Kane, dis-je en prenant sa bite en érection dans mes mains et en la caressant. J'ai besoin de te sentir en moi.

J'ai le cœur gros quand il s'éloigne et se lève du lit. Je le regarde se diriger vers son armoire, l'ouvrir et revenir avec une paire d'entraves. C'est vraiment en train d'arri-ver, on va baiser. Mes cuisses se serrent instinctivement quand je pense à son sexe énorme qui me déflore.

— Tu es sûre de toi ? demande-t-il en brandissant les menottes.

Je hoche la tête et mords ma lèvre inférieure, mon ventre se noue.

— J'ai envie d'essayer.

— La première fois, on ne commence pas par ça, dit-il en se débarrassant du matériel de bondage. Je préfère commencer par quelque chose de plus classique. On aura tout le temps d'expérimenter le reste après, dit-il en bondissant sur le lit et en passant ses bras autour de ma taille.

Je glousse quand il chatouille mon cou et m'embrasse doucement. Les battements de mon cœur s'accélèrent quand il m'observe si avidement, ses doigts glissent sur ma gorge. Il grogne et parcourt mon corps nu, sa bouche descend sur mes tétons durcis.

Mes mamelons se dressent sous sa langue, le désir croît entre mes cuisses. Mes fluides dégoulinent sur ma peau, ses caresses me font mouiller comme jamais. J'agrippe fermement sa main pour essayer de m'ancrer. Je me sens tellement légère que j'ai presque l'impression de flotter.

Ses lèvres remontent le long de ma poitrine jusqu'à ma clavicule, il embrasse mon cou. Je gémis dans sa bouche lorsque nos lèvres se rencontrent. Sa langue pénètre à l'intérieur et demande à entrer. Tout ce que je veux, c'est m'abandonner et le laisser me posséder.

— Prends-moi, maintenant, je le supplie en plantant l'extrémité de mes doigts dans sa nuque.

— Putain, marmonne-t-il en se déplaçant entre mes jambes et en les écartant.

Il frotte son gland gonflé contre mes lèvres glissantes et humides, je frissonne d'impatience.

Je gémis lorsqu'il recule et continue de sucer mon clitoris palpitant, je me contorsionne sous la caresse. Tout ce que je veux maintenant, c'est le sentir me remplir centimètre par centimètre. Il plonge deux gros doigts dans ma vulve, cette intrusion soudaine m'arrache un cri. Mon rythme cardiaque s'accélère quand je pense à sa grosse bite.

Elle est nettement plus large que ses doigts mais j'en rêve. Ses doigts s'enfoncent dans mes cuisses tandis qu'il me pousse encore plus à bout, me lèche de haut en bas, une nouvelle vague de désir m'envahit. Sa langue taquine mon orifice interdit, je perds la tête. C'est hyper obscène mais ça m'excite.

— Tu aimes que ton maître lèche ton trou du cul, ma petite ? dit-il en respirant contre moi.

— Oh oui, je couine en essayant de me rapprocher.

Il rit et accentue ses coups de langue, sa langue plonge plus profondément dans mon orifice, la sensation nouvelle décuple mon plaisir. Il introduit en même temps ses doigts dans mon sexe humide et dégoulinant, mon orgasme approche. Une bouffée de chaleur m'inonde, ma vision se trouble.

— Oh oui Kane, je hurle en agrippant les draps pour trouver un point d'ancrage.

Mon corps entier frémit sous la force de l'orgasme, j'ai du mal à respirer. Kane continue de me lécher, se délecte de la moindre goutte de ma mouille.

— Dieu du ciel, tu as un goût divin, ma chérie.

— Baise-moi, maître.

Je le supplie, je n'ai plus les idées claires, toutes mes inhibitions sont parties aux oubliettes.

Il grogne et suce mes mamelons, les rend plus durs que jamais.

— Tu n'es pas sage Jasmine, murmure-t-il. Les filles pas sages méritent une punition sévère, gémit-il en s'installant entre mes cuisses et en enduisant de ma mouille l'extrémité gonflée de sa verge recourbée.

— Je t'en supplie, baise-moi, je halète en agrippant les draps et en fixant sa bite à l'entrée de mon sexe.

Il grogne et enfonce sa queue épaisse de quelques centimètres dans mon vagin. La douleur me fait tressaillir, je sens son membre énorme essayer de se frayer un passage dans un conduit aussi étroit.

— Détends-toi, ma petite, murmure-t-il en m'embrassant doucement.

Je gémis dans sa bouche tandis qu'un autre centimètre s'introduit en moi. Un mélange de douleur et de plaisir m'empêche de penser. Il est énorme, c'est incroyable. Sa langue glisse dans ma bouche et se mêle à la mienne, de nouveaux centimètres de sa bite s'enfoncent lentement en moi.

Je sursaute en sentant ses couilles cogner contre mon cul, je regarde vers le bas et pousse un gémissement en constatant que chaque centimètre de sa bite a disparu dans mon sexe. Il m'a empalée jusqu'à la garde. Chaque centimètre de sa verge me dilate pour la première fois, il me possède.

— C'est ça ma petite, prends la bite de *ton maître*, grogne-t-il en prenant mes lèvres avec les siennes et en me faisant gémir en effectuant des mouvements de va-et-vient.

Ça ne ressemble à rien de ce que j'avais imaginé. La

douleur est légèrement cuisante mais le plaisir dépasse tout ce que j'ai connu. Je frémis tandis qu'il entre et sort, dépose des baisers dans mon cou et sur ma clavicule.

Le désir dans ses yeux qui me scrutent me réchauffe, ce moment intime est encore plus intime. Il ondule rapidement, me baise plus vigoureusement et plus profondément. Ça fait mal et du bien en même temps. J'ai du mal à saisir la nuance, alors qu'il rugit sur moi.

Mon cœur s'emballe lorsqu'il m'attrape par les hanches et me force à monter sur lui.

— Empale-toi sur ma bite, ma jolie.

Une chaleur soudaine me monte aux joues et une certaine gêne m'envahit.

— Et si je refuse ?

Il secoue la tête et empoigne mes hanches, me force à monter et descendre sur sa verge.

— C'est pas possible. Ta chatte super étroite est trop bonne, grogne-t-il.

L'entendre dire des choses cochonnes me donne confiance, je fais onduler mes hanches et me laisse guider. Je savoure cet instant, je l'observe parcourir des yeux chaque centimètre de mon corps. Kane tend les mains vers mes seins et fait rouler mes mamelons entre ses doigts.

— Oh oui, mon orgasme va crescendo à chaque coup de reins.

— Pas encore, bébé. Il se redresse, enroule ses bras autour de ma taille et m'immobilise. J'ai envie de te pénétrer brutalement et te faire jouir comme jamais.

Mon clitoris palpite douloureusement. J'ai une envie

folle de bouger, mais je ne peux pas. Il me tient trop fermement et garde le contrôle.

— A quatre pattes.

Il m'administre une petite tape sur les fesses, le coup me procure un nouveau frisson de plaisir.

J'obtempère et je m'installe au milieu du lit. Il gémit derrière moi, pétrit mes fesses entre ses mains.

— T'es super mignonne.

Une nouvelle fessée, plus forte cette fois, m'arrache une plainte.

— Tu aimes les fessées ?

Je hoche la tête en marmonnant. Sa main s'abat plus fort, la fessée est plus érotique.

— Réponds-moi, ma jolie.

— Oui, maître.

Il grogne et me donne une tape sur l'autre fesse.

— Putain.

Il me pénètre de toutes ses forces, m'arrache un cri. Je me crispe sur son gros membre épais qui remue.

— Prends cette bite dans ta petite chatte, grogne-t-il.

J'ai du mal à réfléchir tandis qu'il me pilonne, me dépucelle rapidement et violemment. Ça dépasse tout ce que j'avais imaginé. Le porno a été ma seule expérience, je n'ai jamais rien vu d'aussi obscène et torride.

Le bout de ses doigts pénètre dans mes hanches alors qu'il effectue des mouvements de piston en levrette. Cette position le contraint à me pénétrer encore plus profondément, il atteint mon point G à chaque coup de rein.

— Prends ma bite comme une gentille fille bien

sage, grogne-t-il en me donnant une nouvelle fessée qui m'arrache un cri.

Je sens l'orgasme me frapper de plein fouet. Des étoiles brouillent ma vue, je vois flou. Tous les muscles de mon corps se contractent, et plus particulièrement ceux de ma chatte.

La bite de Kane palpite et pulse alors qu'il m'empale une dernière fois en rugissant. Je le sens durcir et gonfler, son sperme chaud gicle profondément dans mon vagin et inonde ma chatte vierge pour la première fois.

Il ne s'arrête pas avant d'avoir complément vidé ses couilles. Je gémis lorsqu'il retire son membre épais, une sensation de vide s'installe.

Les bras puissants de Kane entourent ma taille il me soulève et me force à m'allonger contre son torse.

Notre respiration est bruyante et irrégulière alors que nous demeurons allongés en silence un court moment, nous continuons de surfer sur la vague du plaisir. Rien ne m'avait préparé à cela, quand je pense à ce qu'on vient de faire, mon clitoris picote pour la suite des réjouissances.

Je me retourne dans ses bras et je l'embrasse, ma langue glisse dans sa bouche. Kane gémit contre moi et s'écarte.

— Ne me dis pas que tu en redemandes.

— Oui, maître, j'en veux encore, dis-je sans pouvoir m'empêcher de sourire.

Il se jette sur moi en grognant comme un animal, sa bite est dure comme le roc sous mon corps alors qu'il s'agite.

La nuit promet d'être longue.

15

KANE

Jasmine est allongée au milieu du lit, cuisses béantes, ses lèvres sont gonflées et son visage marbré de rouge.

— Attache-moi, Kane, gémit-elle.

Mon cœur bat à tout rompre. Cette fille insatiable me rend dingue. On a déjà baisé deux fois, elle ne se calmera pas tant que je ne l'aurai pas attachée au lit. J'en ai envie, mais je ne suis pas sûr qu'elle soit prête.

— J'ai envie d'essayer. Je veux que tu me possèdes, murmure-t-elle.

Ma bite grossit jusqu'à devenir douloureuse. J'attrape les entraves par terre et je les fixe au lit.

— Tu en es sûre ?

Elle acquiesce, mord sa lèvre et je bande encore plus.

J'attache d'abord ses poignets, puis ses chevilles, je recule un peu pour admirer cette merveille. J'attrape un bandeau sur ma table de chevet et le noue pour cacher ses yeux.

— Accroche-toi ma petite, tu vas avoir droit à un

sacré tour de manège, dis-je en taquinant son oreille avec ma langue. Le mot de passe est rouge. Si tu veux que j'arrête, tu sais quoi dire.

Elle acquiesce et mord à nouveau sa lèvre. Je l'embrasse doucement avant de me placer entre ses cuisses. L'idée de sortir et attacher mon écarteur me fait bander davantage, mais chaque chose en son temps.

J'y vais mollo, je la lèche lentement en suivant un chemin le long de son corps. Ses mamelons sont déjà durs, je titille l'aréole du bout de ma langue, ses tétons durcissent encore plus. Elle gémit bruyamment et se tortille contre les liens.

Dominer est mon point fort, mais voir Jasmine attachée me fait vaciller, je suis à deux doigts de perdre totalement le contrôle. Un dominant garde toujours la maitrise de la situation, alors pourquoi ai-je envie de la posséder le plus brutalement et le plus rapidement possible ?

L'objectif ? La combler et la faire jouir à répétition, elle deviendra accro quand je lui donnerai ce qu'elle veut, quand je dominerai son corps pour qu'elle ait envie de moi.

Je lèche son ventre et ralentis à l'approche de son clitoris turgescent. Une plainte s'échappe de ses lèvres quand l'extrémité de ma langue l'effleure légèrement. Tout son corps tressaille, elle se contorsionne, aux prises avec ses entraves.

Je la savoure longuement, ma langue branle sa mouille. Son fluide est une vraie drogue dont je n'arrive pas à me passer. Lentement, je lèche sa fente, avant de la forcer à relever ses cuisses pour lécher son orifice anal.

La sensation arrache un gémissement à Jasmine, qui se détend à mesure que je continue.

— Oh oui, Kane, souffle-t-elle en essayant de se dégager de ses entraves.

— Calme-toi et détends-toi, je murmure en essayant de lui faire entendre raison. Laisse-toi aller au plaisir et arrête d'essayer de lutter contre les entraves.

Elle lèche sa lèvre inférieure et acquiesce.

— C'est juste que...

Je suce son clitoris et elle halète, inonde ma bouche de son nectar au goût de miel. Tout son corps se tortille sous moi, l'orgasme déferle. Elle crie mon prénom et *maître* à plusieurs reprises, je bande comme un taureau.

Le soulagement déferle en la voyant sous contrôle. J'ai toujours rêvé de la faire jouir et de dominer son corps depuis notre première rencontre. Je continue, elle pousse un cri quand j'introduis deux doigts épais et que je la masturbe jusqu'à l'orgasme. Ma langue effectue des cercles autour de son clitoris qui palpite.

Jasmine se mord la lèvre pour essayer de contenir ses cris et ses gémissements. Elle continue de se débattre contre ses liens, et je m'arrête un instant pour les vérifier et m'assurer qu'elle ne se fasse pas mal.

— Calme-toi, ma jolie. J'embrasse tendrement sa joue, puis ses lèvres. Essaie de ne pas te débattre contre les entraves.

Je l'embrasse goulument, la laisse se goûter sur ma langue. Elle se détend et gémit dans ma bouche. Je remonte lentement jusqu'à sa jolie petite chatte, je lèche et mordille son bourgeon dressé.

— Putain, Kane, son corps se met à trembler.

Damnation. Cette fille jouit super vite et merveilleusement bien quand elle est attachée. Tout son corps se tend et frissonne tandis que sa chatte s'inonde de ses sucs sucrés, je bande d'autant plus en savourant chaque goutte.

Jasmine est mi-haletante mi-implorante quand elle se remet de cette expérience. Je continue à la doigter, je la prépare à jouir au moins deux autres fois avant de la sauter. Lentement, je lui procure deux autres orgasmes, mes couilles sont au bord de l'explosion.

Au quatrième orgasme, elle hurle pour que je la saute.

— S'il te plaît, j'ai besoin de toi, gémit-elle en se déhanchant sur le lit. J'en ai besoin, Kane, baise-moi, baise-moi fort, dit-elle en se tortillant dans les draps trempés de mouille.

Je grogne en branlant ma bite douloureuse.

— Putain, ma chérie. Je veux sentir ta chatte étroite et humide sur ma bite.

— Oui, je t'en supplie, oh, mon Dieu, dit-elle en sanglotant presque, je frotte mon gland gonflé sur ses lèvres humides pour l'exciter.

Son dos s'arcboute sur le lit, elle meurt d'envie que je la pénètre. Je ne contrôle plus rien, je suis incapable de me retenir.

Je la pénètre brutalement et rapidement, je m'enfonce complètement à l'intérieur. Ma respiration est saccadée alors que mes couilles reposent contre ses fesses. Elle pousse un long gémissement, marmonne des paroles incohérentes au rythme de mes coups de boutoir.

Ses lèvres s'écartent de la façon la plus délicieuse qui soit et elle lèche sa lèvre inférieure, m'attire à elle. Normalement, quand je domine une femme, je ne l'embrasse pas. Avec Jasmine, c'est différent. Mes lèvres bougent doucement contre les siennes, presque délicatement. Elle gémit dans ma bouche tandis que ma langue se glisse et se mêle à la sienne.

Mon bassin ondule plus rapidement pendant le baiser, son orgasme menace, les parois de son sexe sont parcourues de soubresauts. Je continue à la pénétrer, je la fais gémir tandis qu'elle se débat contre ses liens.

— Kane, par pitié, râle-t-elle.

J'attrape sa lèvre inférieure entre mes dents et les plante un peu plus brutalement qu'elle ne s'y attendait. Un cri lui échappe alors qu'elle se tortille.

—Je ne peux pas te laisser jouir tout de suite.

Je me retire et j'attrape ses cuisses, je relève ses jambes en l'air. Ma bite tressaille en voyant la jeune femme attachée, jambes écartées, prête à m'accueillir. Ses lèvres s'entrouvrent et un marmonnement incohérent s'en échappe.

— Reste tranquille, ma petite.

Je détache les liens de ses bras et ses jambes, la soulève et la force à s'allonger sur le dos. Elle geint quand j'attache à nouveau les liens et que j'empoigne ses fesses.

— Tu as envie que ton maître te donne la fessée ? je demande en glissant mon gros membre entre ses fesses parfaites.

— Oh, mon Dieu, oui, elle se cambre et tend ses fesses vers moi.

Ma main s'abat sur sa fesse gauche plus durement qu'auparavant, une zébrure rouge se forme instantanément. Elle crie quand je répète l'opération de l'autre côté, je masse la chair rose entre chaque coups. Laisser ma marque me procure une immense satisfaction.

— Tu aimes ça, ma petite ?

— Oh oui, elle pleurniche en ondulant des hanches vers moi.

J'attrape sa hanche plus étroitement, ma main libre s'abat encore plus fort. Elle crie quand je la pénètre en même temps. Tout son corps est tendu comme un arc, ses muscles se contractent sur-le-champ sur ma verge qui tressaute. Je saisis ses fesses et les écarte pour avoir une vue imprenable sur son petit trou du cul.

Mon Dieu, elle est absolument parfaite. Ma bite épaisse palpite et devient encore plus dure. Je titille sa cerise avec mon doigt, elle frémit sous la caresse.

— Baise-moi, maître, crie-t-elle plus fort qu'elle ne devrait.

Nous nous jetons à corps perdus dans cette partie de jambes en l'air, sans se préoccuper qu'on puisse nous entendre. Je lui administre une fessée plus vigoureuse, ma main laisse une empreinte rouge sur ses fesses. La voir rouge et nue sous moi est hyper excitant, j'aime la dominer, on la croirait née pour ça, pour m'appartenir corps et âme.

Cette pensée me pousse à bout et je la pénètre plus vigoureusement en l'enlaçant étroitement. Mes couilles frappent son clitoris à chaque coup de rein, elle crie et gémit sous moi. Elle est sur le point de jouir pour la cinquième fois consécutive, la pression monte. La sensation s'apparente à un étau alors qu'elle m'attire plus profondément, ses muscles se contractent comme jamais.

— Oh oui ma chérie, jouis sur ma bite, je grogne en lui donnant une nouvelle fessée.

C'est le signal pour que son orgasme explose, m'enduise de son arôme suave et collant. J'explose avec elle, j'éjacule à fond, j'empoigne ses hanches pour me forcer à aller aussi loin qu'il est physiquement possible d'aller. Un acte primitif et animal. Le désir de la posséder et l'engrosser prend le dessus, j'expulse jusqu'à la moindre goutte de sperme de mes couilles, je m'effondre à ses côtés en haletant comme une bête sauvage.

Je l'attire contre ma poitrine, ses yeux se ferment au moment où elle touche le lit. Son corps tremble. C'est certainement suffisant pour une nuit, j'aurais pu l'abimer durablement. Elle était vierge, rares sont les vierges capables d'avoir des orgasmes multiples et d'expérimenter le bondage la première nuit.

Quelques secondes suffisent pour qu'elle respire profondément et s'endorme rapidement dans mes bras. Je regarde sa poitrine se soulever et s'abaisser. Mon cœur se gonfle d'amour en la voyant dormir au creux de mes bras. Ma Jasmine.

16

JASMINE

Tout mon corps est en bouillie quand je me réveille d'un profond sommeil, je me tourne sur le côté pour consulter le réveil sur la table de chevet : cinq heures du matin, il fait encore nuit. Kane remue dans le lit à côté de moi et me sourit dans l'obscurité.

— Bonjour ma chérie, dit-il en effleurant doucement ma joue. Ça va ?

Je hoche la tête, épuisée et franchement endolorie. Après tout ce qu'on a fait et le nombre de fois où on a baisé, j'ai l'impression d'avoir fait la guerre.

—J'ai un peu mal partout.

• Je connais un truc qui va te soulager, dit Kane en m'embrassant tendrement.

Je plisse les yeux en espérant qu'il ne va pas me proposer de m'attacher à nouveau. Je ne suis pas sûre que mon corps puisse en supporter davantage en ce moment.

— Viens, dit-il en se levant et en se dirigeant vers la salle de bains. Je me force à me lever et le suivre malgré mes muscles endoloris. Je ne peux m'empêcher de sourire en entrant dans la salle de bains et en le voyant faire couler un bain.

— Ça te soulagera, dit-il en levant les yeux et en contemplant mon corps nu.

Son regard me fait frissonner, mon corps réagit, même si je ne suis pas prête pour quelque chose de sexuel en ce moment.

— Tu attends quoi ? demande-t-il en faisant un signe de tête vers l'eau chaude. Entre.

Ça fait bizarre de prendre un bain à cinq heures du matin, mais j'entre quand même et pousse un soupir en sentant l'eau tiède m'envelopper. Le bain moussant sent la fraise, pas vraiment ce à quoi je m'attendais venant de Kane, mais l'odeur est agréable. L'eau chaude soulage toutes les douleurs. Kane pose ses mains rugueuses sur mes épaules, les pétrit doucement.

Cet homme est bien plus tendre que je ne l'aurais imaginé quand nous nous retrouvons à huis clos. Il peut être à la fois tendre et rude, de la manière la plus parfaite qui soit.

Kane s'éclaircit la gorge.

— Je peux te poser une question ?

J'acquiesce, que va-t-il me demander ?

— Où est ta mère ?

Mon estomac se retourne en entendant parler de la femme morte l'année dernière. Je n'ai même pas pleuré lors de son overdose, je me suis demandé à l'époque si j'avais un problème.

— Elle est morte.

Les mains de Kane s'immobilisent.

— Je suis désolé.

— Faut pas, dis-je en secouant la tête. On n'était pas vraiment proches.

— Au moins, tu l'as connue, déclare Kane en soupirant profondément.

J'avale péniblement, je me demande ce qui est arrivé à sa mère. Il n'a jamais été question de sa famille pendant le temps passé ensemble.

— Qu'est-il arrivé à la tienne ?

Ses mains se resserrent sur mes épaules, il me fait presque mal.

— Je ne sais pas vraiment. J'avais un an quand elle est morte.

Mon cœur se serre.

— Ça veut dire que Rick et Léo sont tes demi-frères ?

— Oui, ça ne se voit pas ? On est différents.

Je hausse les épaules, je n'y avais pas pensé. Son teint est plus mat que celui de ses deux frères.

— Effectivement.

Il rit doucement derrière moi.

— Pourquoi ta mère et toi n'étiez pas proches ?

Je revois son visage pâle et tiré, j'essaie de me rappeler un bon souvenir d'elle. Il y en a eu quelques-uns au fil des ans, mais pas beaucoup.

— Elle était toxicomane et me trimballait d'un repaire de drogués à l'autre, parfois chez un nouveau beau-père pendant quelques temps. Je tripote mes cheveux en me rappelant la première fois que j'ai fait la connaissance d'Alex. Quand elle a rencontré Alex, j'ai cru qu'elle raccrochait enfin. Je veux dire, comparé aux autres hommes, c'était un vrai saint, dis-je avec un soupir, jusqu'à ce que je réalise qu'il était aussi atroce, sinon pire, que les autres. Il lui a fourni plus de drogues qu'elle n'en avait jamais eues auparavant. Elle a succombé à une overdose d'héroïne l'année dernière.

Les mains de Kane se posent à nouveau sur mes épaules.

— Je suis désolé, quelle vie de merde, dit-il en continuant de masser mes épaules pour faire retomber la tension. Tu sais qui est ton père ?

— Non, ma mère ne savait même pas qui l'a mise enceinte, il se droguait probablement. Elle a dit que c'était un drogué.

— Comment était ton père ? je demande en me souvenant des nombreux récits sur Giovanni Romano. Il était plus brutal que n'importe lequel des frères Romano aujourd'hui. Je frissonne à l'évocation des histoires que j'ai entendues, incapable de comprendre que c'est le même homme qui a élevé l'individu juste derrière moi. Il aimait faire souffrir, à tel point que c'était devenu un passe-temps.

— C'était un vrai salaud, je le détestais.

Kane verse de l'eau sur mes cheveux, me les lave doucement.

Je soupire quand ses doigts frottent mon cuir chevelu, l'eau ruisselle. Je ne m'attends pas à ce qu'il continue, mais il poursuit.

— Je n'ai jamais voulu de cette vie, mais il ne m'a pas laissé le choix.

Il attrape une bouteille de shampoing sur le côté et en verse un peu dans sa main, il fait lentement mousser mes cheveux.

— J'ai essayé de partir et d'aller à l'université, mais il m'en a empêché, raconte-t-il, tendu. J'ai passé deux semaines dans le sous-sol de cette maison, enfermé et battu jusqu'à ce que j'accepte mon rôle dans cette famille.

Je sursaute, j'essaie de tourner mon visage pour le regarder mais il me tient fermement.

— Pourquoi faire ça à son propre fils ?

— Pour me donner une leçon, d'après lui, s'en suit un long silence que Kane finit par rompre. Il m'a fait sortir de la cave et m'a mis un pistolet dans la main, m'a forcé à tirer sur un type qui s'était mis la famille à dos, déclare-t-il d'une voix si chargée d'émotion que j'ai envie de le serrer dans mes bras. C'est le premier homme que j'ai abattu.

Ces paroles restent en suspens. Je sais ce que Kane a fait aux gens. Je sais qu'il a tué du monde, mais le verbaliser est complètement différent.

— Combien de personnes tu as tué ? je demande d'une toute petite voix.

Ses doigts massent mon cuir chevelu, il attrape le bol rempli d'eau, le verse sur mes cheveux et rince le shampoing.

— Je préfère me taire. Ce n'est pas la vie que j'aurais choisie, cela dit.

— Tu voulais étudier quoi à l'université ?

— Tu ne vas certainement pas me croire, dit-il en riant, je voulais faire comptabilité.

— Je ne t'imagine pas comptable, dis-je, stupéfaite.

— J'étais différent à l'époque. J'avais dix-huit ans, j'étais sage et j'excellais au lycée dit-il en ménageant une courte pause, j'avais été admis à Stanford.

— Merde alors, tu dois être super intelligent.

— Je suis doué pour les chiffres, il s'esclaffa.

Un petit silence s'installa alors qu'il continuait à laver mes cheveux.

— Alex te traitait bien ?

— Pour être honnête, il n'était pas aussi terrible que la plupart des autres, dis-je en haussant les épaules. Quand j'avais quatorze ans, il nous emmenait, ma mère et moi, dans un chalet qu'il possède à Heartacre Woods. On y allait en vacances et il passait du temps avec moi, il m'apprenait à survivre et à pêcher. Je fronce légèrement les sourcils en me remémorant ce souvenir. Mais quand ma mère est morte, il a commencé à se comporter comme un vrai connard. Kane finit de me laver les cheveux et s'écarte pour que je puisse le voir. Il m'a fait travailler dans le bar illégalement et ne m'a même pas payé, apparemment je devais bosser pour gagner ma vie.

Kane soupire profondément.

— Je n'arrive pas à croire qu'il t'ait donné à moi, s'en suit un long silence, mais je suis content qu'il l'ait fait, dit-il en se raclant la gorge. Moi aussi je passais mes vacances à Heartacre Woods, dit-il, les yeux remplis de bons souvenirs. Rick, Léo et moi avions l'habitude de camper là-bas, on adorait ça.

- On pourra peut-être y aller ensemble un jour ?
- Absolument, il sourit et dépose un baiser sur mon front.

Mon estomac se noue en réalisant à quel point je suis impliquée dans cette histoire. Kane allait me laisser partir il y a deux nuits, et maintenant je ne veux *plus jamais* le quitter. Nous n'avons pas discuté de ce que cela signifie ou de ce qui va se passer.

La dernière fois que nous en avons parlé, j'ai dit que j'irais chez Ethan dès son retour, mais je n'en ai pas envie. L'idée de quitter cet homme me fait mal.

— Qu'est-ce qui ne va pas ? demande-t-il en me voyant pensive.

— Rien, tu me rejoins ? je propose en indiquant la baignoire assez grande pour deux.

Il sourit et passe ses doigts dans l'élastique de son caleçon. Le voir en érection et prêt est une vraie torture. J'étais sûre d'avoir eu ma dose avant ce bain, mais quand je le regarde, la douleur cuisante se mue en un profond désir de l'avoir en moi. Il se glisse dans la baignoire double et m'installe sur ses genoux, face à lui.

Je gémis quand son gros gland s'enfonce entre mes lèvres humides.

— Ne t'inquiète pas, je sais que tu es très endolorie, murmure-t-il en embrassant mon cou. J'ai très envie de te serrer dans mes bras.

Je gémis, je remue et me frotte contre lui.

— Non, s'il te plaît, Kane, ma tête bascule en arrière quand sa main se referme doucement sur ma gorge.

— Qu'est-ce que tu veux ? ronronne-t-il.

— Baise-moi, s'il te plaît, je murmure, mes lèvres douces descendent sur son sexe.

Il gémit contre ma mâchoire, m'embrasse et me mordille. Sa main se déplace entre nous, il pince mon clitoris et m'arrache un cri de plaisir. Je couine quand ses doigts me pénètrent, lui grogne en me sentant mouillée.

Sans un mot, il me soulève et agrippe sa bite, me fait glisser lentement dessus. Il y va doucement, me baise lentement par petites saccades rapides, comme s'il connaissait mon corps mieux que moi. J'ai besoin de douceur après notre nuit endiablée.

Mon orgasme va crescendo tandis qu'il continue à me baiser lentement. Je vais jouir quand il me regarde dans les yeux, sa main possessive enroulée autour de ma gorge. Je jouis violemment et l'entraîne avec moi. Il explose au plus profond de mon corps, éjacule et me remplit de sperme.

Nous nous effondrons et reprenons notre souffle dans le bain. Un silence agréable nous enveloppe tandis que nous savourons notre plaisir dans les bras l'un l'autre. Un doute persiste néanmoins. L'inquiétude de savoir combien de temps nous pourrons continuer cette mascarade, et quand elle prendra fin.

Seul hic, je me sens de plus en plus attirée par son charme. Je ressens des choses jamais ressenties pour personne.

17

KANE

J'entre dans la cuisine en pensant à notre fabuleuse soirée d'hier. Non seulement nous avons passé une nuit torride et inoubliable, mais nous avons discuté, une vraie conversation. Je n'ai parlé de ma mère à personne depuis des années, mais avec Jasmine, c'est sorti tout seul.

J'ai l'intention d'apporter son petit-déjeuner au lit à Jasmine, elle dort encore profondément après notre nuit de folie. On est restés réveillés jusqu'à l'aube, incapables de nous empêcher de nous toucher.

— Tu as l'air trop heureux, vu la situation, déclare Rick derrière moi alors que j'ouvre la porte du réfrigérateur.

— Quelle situation ? je demande en me tournant vers lui.

— Tous les hommes parlent de la façon dont tu t'es précipité avec ton foutu matelas pour sauver ta prisonnière. Une captive qui essayait de s'échapper l'autre soir, dit-il, perplexe. Je m'absente quarante-huit heures à peine et tout le monde est au courant, *Kane*.

La déclaration de Rick me tire brusquement de la rêverie folle et lubrique dans laquelle je suis tombé. Bien sûr qu'ils en parlent, j'ai montré mes faiblesses, du jamais vu. Ils ont constaté que j'étais prêt à tout pour la sauver, ce qui pourrait vouloir dire que je *tiens* à elle.

La plupart de mes hommes se seraient attendus à ce que je la tue pour avoir tenté de m'échapper, pas que je lui sauve la vie. J'étais tellement dans ma bulle avec Jasmine que je n'avais pas pensé à limiter la casse.

— Je l'ai punie pour ça, dis-je d'une voix calme et posée, même si, intérieurement, je bouillonne.

— Pas d'après les vigiles, dit Rick en s'avançant. Ils t'ont vu la raccompagner dans ta putain de chambre.

Merde.

Léo entre derrière Rick et me sourit.

— Sans compter qu'on dirait qu'elle a un peu trop profité de sa punition, si tu veux mon avis, *maître*, dit-il en haussant légèrement les sourcils.

— Personne ne t'a demandé ton avis, Léo, je grimace, les poings serrés, contrarié qu'il ait entendu le terme employé. J'oublie souvent que la chambre de Léo se trouve à deux portes de la mienne et nous n'avons pas été très discrets la nuit dernière. Jasmine a crié mon prénom et m'a appelé maître la moitié de la nuit.

— Tu as oublié que ma chambre se trouve au bout du couloir ? me taquine-t-il en prenant une brique de lait dans le frigo.

Je l'ignore et j'ouvre le placard, en quête des ingré-dients nécessaires pour préparer des pancakes. Je soupçonne que Rick n'approuvera pas mon idée de préparer son petit déjeuner et le lui apporter au lit, surtout après ce qui s'est passé.

Le clic de la porte de la cuisine qui se referme me fait pivoter vers Rick. Son visage me retourne l'estomac, il ne va pas en rester là, je sais exactement à quoi m'attendre.

— Assieds-toi, il indique l'îlot de cuisine.

Je m'assois sur un tabouret en face de lui, bras croisés sur ma poitrine. Les leçons de Rick ont le don de m'énerver, surtout si l'on considère qu'il est mon jeune frère, mais aussi le patron, autant dire que je suis obligé de l'écouter.

— Tu réalises à quel point cette histoire tordue entre toi et cette fille est dangereuse ? Pour nous tous, dit-il en jetant un coup d'œil à Léo.

— Y'a aucun danger. Je ne ferai pas de vagues.

Rick fait craquer sa nuque, pose ses mains à plat sur la table.

— Frérot, on a une règle de non-attachement pour une sacrée bonne raison.

Il a raison. Nous avons créé la règle de non-attachement parce que cet univers est trop dangereux pour avoir quelqu'un qu'on aime à nos côtés. Nous n'avons même pas grandi avec nos mères. Sans compter que Jasmine n'est pas faite pour ce genre de vie. Elle est gentille et innocente, tout ce que je ne suis pas mais tout ce dont j'ai *besoin*.

Je refuse de l'abandonner, pas après la nuit dernière. Elle m'a marqué si profondément que je ne pourrais jamais la quitter. Normalement, quand je couche avec une femme, c'est un coup d'un soir. Je savais que ce serait différent avec elle avant même d'avoir couché. Elle incarne tout ce dont j'ai toujours rêvé, je ne la laisserai pas tomber, quoi qu'en dise Rick.

— Tu dois la relâcher, Kane, dit Léo en me tapotant l'épaule.

— Pas question. Jamais de la vie.

Mes deux frères soupirent en même temps et échangent un regard.

— Si tu l'aimes vraiment, elle doit devenir l'une des nôtres.

Je réfléchis en essayant de comprendre où Rick veut en venir. Il ne peut pas parler de l'intégrer à la mafia. Certes, elle serait un peu plus en sécurité mais cela prouverait aussi aux gens que je tiens à elle.

Un truc me tracasse depuis un certain temps à propos de notre organisation. Je suis certain que tout le monde n'est pas aussi loyal que nous le croyons, et intégrer Jasmine dans cette affaire va les appâter.

— La mafia est trop dangereuse pour elle, dis-je en secouant la tête.

— Alors, une suggestion ? Rick fait la moue et croise les bras sur sa poitrine.

Je me creuse la cervelle pour essayer de trouver comment contourner le problème. Je cogite, tout ce que je veux, c'est garder Jasmine pour toujours. Je serais même prêt à quitter la mafia, cette vie que je n'ai jamais voulue, je sais qu'aucun de mes frères ne m'en empêcherait si c'est vraiment mon souhait.

—Je pourrais partir...

• Pas question, déclare Rick en tapant du
poing sur la table.

— On reste soudés, quoi qu'il arrive. Si tu veux vraiment rester avec cette femme, on la protégera comme
l'une d'entre nous, affirme Léo.

Une sensation de légèreté éclot dans ma poitrine en
entendant mon frère. Jasmine est tout pour moi, même
si je ne peux pas expliquer pourquoi. Je la connais
depuis un peu plus d'une semaine, mais je n'ai jamais eu
cette certitude de toute ma vie. Cette femme est faite
pour moi. La question est de savoir si elle ressent la
même chose.

Hier soir, elle m'a dit vouloir rester avec moi, mais
elle était excitée et en manque. Je dois savoir si elle est
vraiment partante, auquel cas, il n'y aura pas de retour
en arrière possible une fois admise dans notre cercle, elle
pourra dire adieu à sa tranquillité. Une idée folle
germait au fond de mon esprit depuis quelques jours,
une idée qui, je pense, assurera sa sécurité. Avant que je
ne puisse me raviser, je déclarai,

— Je vais l'épouser.

Mes deux frères écarquillent les yeux et me
regardent comme si j'avais pété un plomb.

— Tu ne vas pas un peu trop vite en besogne, frérot
? demande Léo.

— Tu la connais depuis un peu plus d'une semaine,
on peut assurer sa sécurité sans passer par la case
mariage, ajoute Rick.

Je hausse les épaules, incapable d'expliquer ce que je
ressens pour une femme que je connais à peine. Une

partie profondément enfouie de ma personne désire la prendre pour femme et la faire mienne *pour de bon*. Une facette possessive et primitive qui n'aura pas la paix tant qu'elle ne portera pas mon nom et ne sera pas enceinte de mon enfant. Jusqu'à ce qu'elle soit officiellement ma femme, et qu'aucun autre homme ne puisse la toucher.

Je serre les dents, mes couilles se contractent.

— Ce serait plus sûr que de la protéger. Aucun homme sain d'esprit ne toucherait la femme de Kane Romano. Je passe une main dans mes cheveux. On peut faire en sorte que le mariage soit en petit comité et discret si elle accepte.

Léo me regarde comme si j'avais perdu la boule. Je comprends pourquoi, je n'ai jamais été du genre à envisager une relation stable, encore moins un mariage.

— Tu es sûr de toi ? demande Rick.

— A cent pour cent, dis-je sans hésiter.

— C'est entendu, suis-moi, dit-il en passant une main dans ses cheveux.

Je fronce les sourcils tandis qu'il sort de la pièce, se dirige vers la gauche dans le couloir en direction de la bibliothèque.

— Où va-t-on ?

Rick lève la main comme pour me dire d'attendre. Je le suis dans la bibliothèque. Il se dirige vers un coffre-fort, sort une clé de sa veste et l'ouvre. J'ignorais tout de sa présence. Je le regarde sortir un coffret noir et me tourne vers lui d'un air interrogateur.

— Papa gardait ça enfermé ici, je ne savais pas si je devais t'en parler, dit-il en ouvrant l'écrin.

— C'est quoi ? je demande en m'approchant de lui.

— La bague de fiançailles de ta mère.

Je m'arrête net et dévisage mon frère. Pourquoi me l'avoir caché ? Je n'ai rien qui appartienne à ma mère, à part une photo d'elle. Il hausse les épaules

— Si tu comptes demander cette fille en mariage, je me suis dit que ça pourrait te servir.

Il retourne la boîte pour me montrer la grosse bague, un solitaire en diamant qui brille de mille feux. Un flot d'émotions contradictoires m'envahit. Cette bague appartenait à ma mère, l'offrir à Jasmine prouverait mon sérieux.

La seule chose qui me gêne, c'est que mon enfoiré de père a acheté cette bague. Il la lui a offerte.

— Je ne suis pas sûr de pouvoir offrir à Jasmine quelque chose qu'il a acheté.

— Il ne l'a pas achetée, dit Rick en souriant.

Je ne comprends pas.

— Comment tu le sais ?

Il pose la bague sur le bureau de la bibliothèque et retourne au coffre, dont il sort une enveloppe jaunie.

— Ta grand-mère lui a donné la bague de sa mère pour la demander en mariage. Une lettre d'elle explique pourquoi c'était si important. C'est une histoire de famille du côté de ta mère, dit-il en haussant les épaules.

Ma gorge se noue en voyant la bague et la lettre. L'émotion de n'avoir jamais connu ma mère m'envahit, alors que j'envisage d'offrir quelque chose d'une si grande valeur sentimentale à Jasmine. Même si nous ne nous connaissons pas depuis longtemps, je sais qu'elle est la femme de ma vie.

— Prends la lettre et la bague et réfléchis, dit Rick en posant l'enveloppe sur le bureau.

Il passe devant moi et me tape sur l'épaule.

Je n'arrive pas à parler. Les émotions m'assaillent subitement tandis que je contemple la magnifique bague en diamant. Tout ce que j'ai de ma mère, c'est une mauvaise photo, aucun souvenir d'elle. Cette bague serait parfaite au doigt de Jasmine, une partie de la femme que je n'ai jamais connue avec la femme la plus importante de ma vie, pour toujours.

Je ne lis pas la lettre et la range dans la poche de ma veste. C'est trop frais pour que je la lise maintenant. Je referme l'écrin et le serre dans ma paume. Rien ne vaut l'instant présent.

Jasmine ne ressent peut-être pas la même chose que moi, la crainte de son rejet m'effraie plus que tout mais je dois savoir.

Mon cœur bat vite et fort comme je sors de la bibliothèque pour me diriger vers les escaliers. Je n'entends que le sang qui pulse dans mes veines, mon estomac fait des bonds. Je n'ai jamais été aussi nerveux. Jasmine va probablement me prendre pour un fou. C'est dingue.

Je m'arrête devant la porte de ma chambre et j'hésite. Ma main se pose sur la poignée, j'attends d'avoir le courage d'entrer. Et si elle me rejette ?

C'est ridicule, je redoute plus son refus que tout ce que j'ai vécu dans ma vie. Je tourne la poignée et force la porte à s'ouvrir, en espérant que les battements de mon cœur se calment. Ce n'est pas le cas. Quand je la vois, allongée dans mon lit, fixant le plafond, je suis plus bouleversé que jamais.

Elle se tourne vers moi et m'adresse un grand sourire, mes doutes fondent comme neige au soleil. C'est la bonne chose à faire.

— Bonjour, ma beauté, dis-je en serrant étroitement l'écrin derrière mon dos et en avançant vers le lit.

Elle se frotte les yeux et étire ses bras au-dessus de sa tête.

— Bonjour, maître, dit-elle en rougissant, ma bite devient plus dure qu'un roc.

— Je dois te demander quelque chose, dis-je en m'agenouillant au bord du lit.

— Quoi donc ? demande-t-elle en s'asseyant.

Je prends une longue et profonde inspiration.

— Je sais que nous ne nous connaissons pas depuis longtemps et que ça peut sembler complètement fou.

Je marque une pause, je doute de moi. Elle tend la main et pose tendrement sa main sur ma joue.

— Qu'est-ce qui ne va pas ?

— Tout va bien, dis-je en sortant l'écrin de derrière mon dos et en ouvrant le couvercle. Veux-tu m'épouser ?

Elle reste bouche bée et ouvre les yeux ronds. Elle garde longuement le silence, je suis à deux doigts de la crise cardiaque. Mon cœur bat plus fort que jamais dans ma cage thoracique.

Jasmine se jette dans mes bras, les larmes roulent sur ses joues.

— C'est fou, mais *oui*.

Un immense soulagement m'envahit tandis que je la serre contre moi, je la laisse sangloter sur ma chemise.

— Pourquoi tu pleures ?

Elle s'écarte et me regarde dans les yeux.

— Je suis heureuse, dit-elle, stupéfaite. C'est complètement dingue, mais je suis heureuse.

Je lui souris et l'embrasse doucement.

— C'est le meilleur moyen de te protéger, dis-je en entrelaçant nos mains. Quand nous serons mariés, personne n'osera te toucher.

Une lueur s'allume dans ses yeux et elle se mord la lèvre inférieure.

— Je suis en danger avec toi, c'est ça ?

Je ne peux pas lui mentir. Le danger est réel, omniprésent, s'intéresser à quelqu'un en fait automatiquement une cible.

— Oui, mais je ferai tout pour que tu sois en sécurité, dis-je en essuyant une larme sur son visage. Tu seras bientôt ma femme, Jasmine.

Je sors la bague de l'écrin et la glisse à son doigt, à ma grande surprise, elle lui va à la perfection.

— Comment tu as su pour la taille ? demande-t-elle les yeux ronds.

— Je l'ignorais, dis-je en avalant péniblement. C'était la bague de ma mère... vous devez faire la même taille.

Elle admire la bague et me regarde, les yeux embués par l'émotion.

— Je suis sincèrement désolée, Kane, dit-elle en mordillant sa lèvre inférieure. Tu es sûre de vouloir me la donner ?

Je la prends dans mes bras et m'assois avec elle sur mes genoux.

— Sûr à cent pour cent, ma chérie.

Elle ferme les yeux et se love contre moi. Les battements de mon cœur sont réguliers et posés tandis que j'enlace ma fiancée, je suis l'homme le plus chanceux du monde.

La seule chose qui me reste à faire, c'est passer le cap du mariage sans que rien ne vienne gripper la machine. Plus facile à dire qu'à faire, surtout pour un Romano.

18

JASMINE

 $\mathcal{M}$ on cœur bat à tout rompre tandis que je me contemple dans le miroir. La superbe robe blanche classique en dentelle qui tombe en cascade jusqu'au sol et se terminant par une courte traîne est sublime. J'effleure le décolleté plongeant, orné d'une dentelle exquise. Dieu sait combien elle a coûté, très cher, apparemment.

Je n'ai jamais pensé à me marier un jour. Ma mère a connu trop de mariages ratés et d'échecs avec des sacs à merde, je m'étais juré de ne jamais l'imiter. Pourtant, me voilà le matin de mon mariage. Sans parler du fait que j'ai dit oui à un criminel notoire.

C'est fou comme le destin adore se foutre de vous. J'ai toujours été convaincue que je ne me marierais jamais et que je n'envisagerais jamais de sortir avec un criminel. Sept jours se sont écoulés depuis que Kane m'a demandé de l'épouser, en me passant au doigt la superbe bague de sa mère.

Je n'ai jamais demandé ce qui était arrivé à sa mère.

La douleur dans la voix de Kane quand il m'a appris qu'elle était morte lorsqu'il avait un an était évidente. Je déglutis difficilement, je me demande ce que ma mère dirait si elle était là aujourd'hui. Probablement rien de bon, elle détestait quand quelque chose me rendait heureuse.

Mes cheveux noirs ont été relevés en un magnifique chignon flou, ondulé et naturel. Un diadème petit mais néanmoins superbe est posé sur la coiffeuse, attendant que je l'ajoute à l'ensemble, ainsi qu'une paire de boucles d'oreilles et un collier assortis. J'ai l'impression d'être une princesse, un statut dont je n'ai jamais réellement rêvé.

Certaines fillettes rêvent de leur mariage quand elles sont petites, pas moi. J'attrape les boucles d'oreilles que je mets, je tourne sur moi-même pour voir à quoi je ressemble dans le miroir. Mon estomac est une boule de nerfs quand je consulte l'horloge pour remarquer qu'il ne reste qu'une heure avant la cérémonie.

Kane a insisté pour que nous passions la dernière nuit séparés, j'ai détesté. Pour la première fois depuis mon arrivée ici, je n'ai pas réussi à dormir. Il m'a fallu toute ma volonté pour ne pas sortir de mon lit et le rejoindre dans sa chambre.

Un coup frappé à la porte interrompt le cours de mes pensées. Mon ventre fait des siennes, je me demande si c'est Kane. L'idée de le voir me rend nerveuse. Je me lève, me dirige vers la porte et m'arrête un instant, la main sur la poignée.

On frappe à nouveau et j'ouvre. Mon estomac se noue en découvrant Alex, mon beau-père. Un des hommes de Kane est posté derrière lui, Jaz je crois. Sa façon de sourire me donne la nausée.

— Ton beau-père voulait te voir, je l'ai laissé entrer, dit-il.

Pourquoi diable l'a-t-il laissé entrer ? J'essaie de leur fermer la porte au nez à tous les deux mais Jaz la bloque avec sa main.

— Bonjour, ma chérie, déclare Alex en s'avançant.

— Qu'est-ce que tu fous ici ? je demande, mécontente, en reculant.

— Tu es ma belle-fille, je suis venu te conduire à l'autel, dit-il avec un sourire méprisant.

• Plutôt crever, je crache en reculant d'un autre pas.

— Tu devrais me remercier d'accéder à ce rang, en épousant l'un des parrains les plus puissants d'Amérique, dit-il en me regardant méchamment.

• Sors de ma chambre *immédiatement*.

Il fait non de la tête et avance d'un pas.

— Ce n'est pas une façon de parler à ton beau-père.

Ses yeux parcourent mon corps à la manière d'un prédateur, ma peau se hérisse de chair de poule. Il secoue la tête et s'avance.

— T'es qu'une pute, comme ta mère. Il est temps que je voie ce que tu caches sous ces vêtements, dit-il, les yeux mi-clos. Découvrir ce qui a poussé Kane Romano à se marier, ta chatte divine, sûrement.

Je sens le sang refluer de mon visage et je fais un pas en arrière, je regarde vers la porte pour constater que Jaz m'a laissée seule avec lui. Je n'ai nulle part où aller et je cherche une issue. Cette chambre n'a pas de salle de bain comme celle de Kane. Je ne peux même pas m'enfermer et l'éviter.

— Recule sinon je crie et j'alerte tout le monde.

— Ne t'inquiète pas, ma chérie, dit-il en riant. Je ne te toucherai pas. Sinon, Kane ne me paiera pas la rançon escomptée.

Je fronce les sourcils et l'observe un moment quand soudain, tout devient clair. Ce salaud est venu m'enlever à l'homme à qui il m'a donné. Il appuie sur une touche de son téléphone et trois hommes font irruption dans la pièce, dont Jaz. Il est dans le coup, voilà pourquoi Alex Cavino a eu l'autorisation d'entrer dans la maison.

Après avoir cherché une issue comme une damnée, je comprends qu'il n'y en a pas. Je hurle à pleins poumons, espérant que quelqu'un m'entendra dans cette immense demeure.

— A l'aide, je crie à plusieurs reprises, j'appelle Kane, même si je le sais à un autre étage.

On joue au chat et à la souris, j'évite les trois hommes aussi longtemps que possible. Je saute même sur le lit et tente de m'élancer vers la porte, avant d'être rattrapée par Jaz. Ses bras se resserrent autour de ma taille et il m'attire vers le lit. Je me débats comme une diablesse, je donne des coups de pied, je crie et frappe l'un des enfoirés au visage mais ce n'est pas suffisant. Une femme contre quatre hommes, c'est perdu d'avance.

— Qu'est-ce que tu fous ? je hurle quand Jaz me plaque sur le lit et m'immobilise.

La peur et l'effroi m'envahissent alors que je me demande si mon beau-père est sérieux. Il ne va certainement pas me toucher de cette façon. Jaz arrache une boule de tissu à l'un des autres hommes, me force à ouvrir la bouche et l'enfonce dedans.

Ma bouche devient sèche tandis que j'essaie de crier et de faire du bruit, en pure perte. Les sons sont étouffés alors que j'essaie de me débattre contre les hommes au-dessus de moi, qui me maintiennent plus fermement encore. Je déteste être aussi faible et impuissante.

L'espace d'un instant, les trois hommes retirent leurs mains et je saute sur l'occasion. Je bondis du lit et me dirige vers la porte, je l'ouvre grand pour être aussitôt ramenée à l'intérieur. Mon beau-père me frappe au visage du dos de sa main, une douleur cuisante irradie dans ma mâchoire. Du sang coule sur mon visage, à l'endroit où sa bague a cogné ma joue.

Je remarque à peine la douleur et continue à essayer de me libérer, j'entends l'étoffe se déchirer, ma robe est foutue. Jaz exhibe des cordes et me lie les poignets qu'il bloque derrière mon dos. Je mords le chiffon pendant que la corde m'entaille la peau. Puis, il m'attache les jambes et me pousse vers l'un des hommes.

Je sais que je n'ai aucune chance, il me juche sur son épaule, me porte comme si je pesais une plume. Une larme de frustration glisse sur ma joue. Ce jour devait être le plus beau de ma vie, mon beau-père a tout gâché. Je le tuerai si je le pouvais, j'espère que Kane me retrouvera.

Alex ouvre la porte de la chambre et ils m'emmènent dans le couloir. Ils ne peuvent évidemment pas sortir par la porte d'entrée avec moi. Je me souviens alors des instructions données par Kane aux gardes la nuit précédente. Il a renvoyé la plupart des membres de la sécurité pour la journée, ne laissant qu'un petit nombre de vigiles sur place, dont Jaz.

Ils descendent les escaliers et se dirigent directement vers la porte d'entrée, tout espoir s'évanouit. Et s'il croit que je me suis enfuie ou que j'ai changé d'avis ?

Un cri derrière nous me contraint à lever les yeux. Rick se précipite vers moi, nos regards se croisent et il me fait un signe de tête comme pour me dire de ne pas m'inquiéter. Il ne s'arrête pas de courir, mais il arrive trop tard. Le type qui me porte pique un sprint et me balance à l'arrière d'une voiture.

Ma tête heurte la portière, la douleur me lance jusque dans le cou. Le moteur gronde sous moi et je sens la voiture en mouvement.

Tout devient noir, je murmure *Kane*, son visage apparaît distinctement derrière mes paupières closes.

19

KANE

Je ne peux m'empêcher de sourire en me contemplant dans le miroir. Mon costume beige est impeccable, même s'il n'a pas été fait sur mesure pour l'événement. Le jour de mon mariage. Sans mentir, je n'imaginais pas me marier, jusqu'à ce que Jasmine fasse irruption dans ma vie et que tout mon univers bascule.

Un coup frappé à la porte détourne mon attention de mon reflet. Rick déboule sans me laisser le temps de dire *entrez*. Son visage est grave et je sais que quelque chose cloche, je suis sur les nerfs. Mon cœur s'emballe en attendant qu'il m'annonce de quoi il retourne.

— Alex Cavino a kidnappé Jasmine.

Je contracte les poings et je frappe le mur, je sens à peine la douleur.

— Qui a laissé ce connard entrer ? je hurle.

— Il a dit aux gardes qu'il venait la conduire et assister au mariage, déclare Rick en haussant les épaules, mais Jaz a disparu et on suppose qu'il était complice. Ils savaient qu'il était son beau-père et ont supposé qu'il disait vrai. Il avance vers moi et jette le sac sur le lit. Il demande une rançon, dit-il en montrant le sac d'un signe de tête.

Une rage incendiaire explose, je perds mon sang-froid. J'ai peut-être épargné la vie de ce connard la première fois, mais cette fois-ci, je le tue. Jasmine est mon bien le plus précieux, et il l'a enlevée.

J'attrape le sac et sors le mot, je le froisse dans mon poing après l'avoir lu. Il exige *deux* millions de dollars. Le montant ne fait qu'attiser ma rage, j'en suis malade. La menace en post-scriptum est claire comme le jour. *Ou tu ne la reverras jamais.* Cet homme ne sait pas à qui il a affaire.

— Ce type veut mourir, dis-je.

— Oui, déclare Rick, tous nos hommes sont à sa recherche. Les endroits où se cacher sont peu nombreux. On va les retrouver tous les deux.

Jasmine avait parlé d'un endroit en dehors de la ville où ils avaient l'habitude de passer leurs vacances, un chalet en rondins qu'il possède toujours à Heartacre Woods.

—Je crois savoir exactement où il l'a emmenée.

— Où ça ? demande Rick.

— C'est une intuition, Alex est idiot mais pas suffisamment imbécile pour revenir en ville, dis-je en faisant les cent pas. Jasmine m'a dit qu'il les emmenait toujours elle et sa mère dans un chalet à Heartacre Woods pour les vacances.

— Ok, allons-y maintenant, toi, moi et Léo, dit-il en croisant les bras sur sa poitrine. Je vais demander à trois de nos gars de nous suivre en renfort dans un autre SUV.

— Non, je dois gérer ça seul.

— Pas question, tu ne sais pas combien d'hommes il peut avoir avec lui. On t'accompagne.

Je soupire lourdement et passe une main dans mes cheveux.

— D'accord, mais personne ne se met en travers de mon chemin ni de celui de ce trou du cul pleurnichard, c'est compris ?

— Tu es sûr de vouloir que Jasmine soit témoin de ça ? demande Rick, les yeux brillants.

Aucune idée, mais je sais que je ne pourrai pas me retenir cette fois-ci. Alex allait payer pour ça. Il a kidnappé ma fiancée le jour de mon mariage, il croit faire trembler la famille Romano. Il doit payer.

— Je n'en suis pas sûr, mais je n'ai pas le choix.

— Ok, dit Rich, c'est moi qui conduis, je vais demander à Ian une carte et un plan de l'endroit où sont les chalets. Pars avec Léo, on se retrouve là-bas.

Je dévisage mon frère, j'envisage de refuser qu'ils m'accompagnent mais il a raison. Alex est peut-être idiot mais il ne sera pas seul. Si je déboule comme un fou furieux, je risque de me faire tuer ou pire, de faire tuer Jasmine. Léo et Rick sont très forts pour tout ce qui est plan et prendre la bonne décision. J'ai besoin d'eux à mes côtés. Ian s'occupera rapidement des fichiers, c'est un geek en informatique et tout ce qui est technologie.

— D'accord, on se retrouve là-bas.

Je pivote et quitte ma chambre pour me diriger vers celle de Léo au bout du couloir.

Mes oreilles me jouent des tours ? J'entends un cri de l'autre côté de sa porte. Mon frère a de la compagnie le jour de mon mariage ? Léo ne ramène jamais de femmes à la maison, il préfère les baiser à l'hôtel, il dit que c'est plus simple.

Je frappe un coup à la porte, j'attends qu'il réponde. Il y a de l'agitation à l'intérieur et je l'entends parler à voix basse. Je fronce les sourcils en me demandant ce qu'il fabrique. Il est évident qu'il y a quelqu'un à l'intérieur avec lui.

Il s'approche de la porte en caleçon et me regarde d'un air courroucé. Il est presque midi, pourquoi il n'est pas habillé ?

— Cavino a enlevé Jasmine, tu dois venir avec moi sur-le-champ.

Ses yeux s'écarquillent, il regarde fixement sa chambre avant d'acquiescer.

— Accorde-moi deux minutes, je te rejoins en bas.

Je plisse les yeux en essayant de regarder dans la pièce, mais il garde la porte à moitié fermée. Il me fixe, me défie de lui demander qui est là. Je me contente de hocher la tête et me détourner, je le laisse fermer la porte. Tout ce qui m'importe en ce moment, c'est d'éloigner Jasmine de cet enfoiré de connard de beau-père.

Ma déferlante de rage est dangereuse. Je sais que je ne pourrai plus m'arrêter dès que je mettrai la main sur le cou d'Alex. Si je suis connu pour ma brutalité, c'est parce que je peux tuer un homme à mains nues, surtout si je suis bien énervé. Ça c'est déjà produit, et ça se reproduira encore. Jasmine ne peut pas en être témoin, je déteste cette facette de ma personnalité.

J'ai l'impression d'être dans un état second quand je me dirige vers le SUV. Rick est assis au volant, le moteur tourne déjà. Trois gars sont dans un SUV derrière, prêts à suivre en convoi, si nous avions besoin de renforts. Je me glisse sur le siège passager et il me coule un regard interrogateur.

— Il n'était pas habillé, il a dit qu'il arrive dans deux minutes.

Rick soupire.

— Quel fainéant. Ian m'a déjà envoyé les plans, les chalets sont tous situés dans une zone bien définie dans les bois. J'ai entré les coordonnées du secteur dans le GPS.

J'acquiesce, je regarde la maison dont Léo sort précipitamment. Il n'a pas l'air d'être dans son état normal lorsqu'il ouvre la portière arrière et se glisse à l'intérieur.

— Merde, désolé pour l'attente.

Rick appuie sur l'accélérateur au moment où la porte se referme.

— Que s'est-il passé ? demande Léo.

Rick me jette un coup d'œil et je lui fais un signe de tête. Je ne sais plus où j'en suis pendant qu'il relate toute l'histoire à Léo, lui explique ce qui s'est passé. Je n'aurais pas dû la quitter. Au diable la tradition de ne pas voir la mariée avant le mariage, surtout dans sa robe. Cela n'aurait pas dû avoir d'importance. Jasmine et moi aurions dû être ensemble, j'aurais pu la protéger.

— Elle était comment ? je demande, Rick l'a vue sortir par cette foutue porte d'entrée mais il est arrivé trop tard.

— Un peu amochée, mais vivante.

Je serre les poings. Alex Cavino est un homme mort. S'il a fait du mal à ma Jasmine, il périra d'une mort atroce.

— C'est à dire ? je demande, les dents serrées.

Rick me regarde en se méfiant de ma réaction.

— Elle avait le visage tuméfié et des bleus.

— L'enculé, je crie en donnant un coup de poing sur le tableau de bord.

— Elle s'en remettra, frérot. Alex n'est pas assez stupide pour lui faire du mal, surtout s'il estime que tu vas payer une rançon, dit Léo, toujours la voix de la raison.

— Cela ne veut pas dire que j'ai moins envie de le tuer pour autant, je marmonne en regardant par la fenêtre tandis que Rick prend la bretelle de sortie en direction des bois que nous avions l'habitude d'explorer l'été quand nous étions enfants.

Le vrombissement du moteur meuble le silence pendant les vingt minutes de trajet qui nous séparent de la forêt. Vingt petites minutes, on dirait qu'une éternité s'est écoulée lorsque Rick quitte la route principale pour s'engager sur un chemin de terre. Le GPS le conduit à l'emplacement exact des chalets.

Rick s'arrête à environ un kilomètre et demi de l'emplacement indiqué par le GPS et coupe le moteur.

— On ne s'approche pas, ça risque de l'effrayer.

Nos hommes s'arrêtent derrière nous et attendent. Rick les contacte par radio.

— Attendez ici jusqu'à ce qu'on vous dise de rejoindre le chalet avec les deux voitures.

Sa réponse obtenue, on descend tous les trois de

voiture pour se diriger vers les chalets devant nous. Mon cœur bat à la vitesse d'un cheval au galop pendant qu'on les rejoint.

Et si je me trompe et qu'il ne l'a pas emmenée ici ?

Je n'ose même pas y songer. Imaginer ne pas la retrouver à la fin m'est insupportable. Personne n'aborde le sujet mais nous savons tous que quoi qu'il arrive, nous ne pouvons pas payer de rançon. La tension est palpable alors que notre trio chemine en silence. Léo est extrêmement silencieux pour une fois, étrange.

Au bout d'une vingtaine de minutes de marche en suivant les coordonnées fournies par Rick, nous apercevons un îlot de chalets. Quel soulagement de voir la Jeep couleur gris anthracite d'Alex garée devant l'un d'entre eux. Léo et Rick la remarquent aussi, échangent un regard et indiquent d'un signe de tête le chalet le plus proche.

Nous marchons tous ensemble et collons notre dos contre le mur en rondins pour ne pas nous faire remarquer.

— Quel est le plan alors ? demande Léo en me regardant.

— J'en sais rien, c'est vous les spécialistes. Mon plan consiste à tuer ce fils de pute, dis-je en serrant les poings.

Rick fait craquer ses articulations.

— Je vais d'abord m'assurer que la Jeep ne démarre pas, au cas où il essaierait de s'enfuir. Ensuite, on ira chercher Jasmine.

Un cri en provenance du chalet me fait tressaillir. *Merde.* Qu'est-ce qu'il lui fait, là-dedans ? Je m'apprête à m'élancer vers le chalet mais Rick me retient par le bras.

— Ne fais pas foirer le plan. On la récupère dans une minute.

Je respire à fond pour me calmer, j'essaie de garder mon sang-froid. Qu'il puisse la blesser me fait encore plus péter les plombs que je ne veux bien l'admettre.

— Allons-y, dit Rick en se dirigeant vers la Jeep.

Mon cœur s'emballe tandis que je fonce vers le chalet, impatient de retrouver Jasmine. Au moins, je sais qu'elle est là, c'est l'essentiel. J'espère juste que notre plan se déroulera comme prévu.

2 0

JASMINE

'obscurité m'engloutit entièrement quand j'ouvre les yeux, je touche mon front douloureux. Ma joue est enflée, la cicatrice s'est encroutée là où Alex m'a amoché avec sa foutue bague. J'ai besoin d'un moment pour me souvenir de ce qui s'est passé, un mélange de rage et de haine déferle.

Alex est encore plus pourri que je ne l'aurais cru. Il m'a donné à la mafia, avant de m'enlever en échange d'une rançon. Kane ne paiera jamais de rançon, quoi qu'il arrive. Je sais combien sauvegarder la réputation de leur famille est important. Même s'il voulait, il ne peut pas.

J'avale péniblement, je me demande où Alex m'a emmenée. J'observe la pièce dans laquelle je me trouve et je me lève à tâtons. Il fait horriblement sombre mais de la luminosité entre par une minuscule fenêtre d'angle.

Je reprends peu à peu mes esprits, l'odeur familière

des pins et des bois me chatouille les narines. Je suis dans le sous-sol du chalet d'Alex, à Heartacre Woods.

Kane se rappelle que je lui ai dit que nous avions l'habitude de passer des vacances ici ? Il a dit avoir pour habitude de camper ici lui aussi, il connait peut-être l'endroit où il m'a emmenée. Alex n'est pas assez bête pour rentrer en ville, pas avec la bande des Romano au grand complet à ses trousses.

Je lisse ma robe, la dentelle sublime est déchirée au niveau de l'ourlet. Je n'arrive pas à croire qu'il ait gâché le jour qui devait être le plus beau de ma vie, tout ça pour essayer d'obtenir une rançon. Ce type s'est bien débrouillé dans son putain de club, il vend des tonnes de drogue, ça ne lui suffit pas ? J'ai compris depuis longtemps qu'Alex est cupide et assoiffé de pouvoir, mais aujourd'hui, c'est un nouveau coup bas.

Les Romano ne paient pas de rançon. Ils ne cèdent pas au chantage. Je ne le sais que trop bien, vu la façon dont Kane a parlé des choses qu'il a dû faire. Le bruit d'une porte qui s'ouvre en grinçant et le rai de lumière qui filtre vers le bas me contraignent à me redresser.

Alex se pointe au bas des marches, muni d'une lampe torche. Je plisse les yeux quand il la dirige vers moi en riant.

— Jasmine, tu es ridicule, dit-il en s'avançant.

Alex ne s'est jamais montré aussi cruel, peut-être parce qu'il ne pouvait rien obtenir de moi auparavant.

— Coucher avec Kane Romano, un vrai comportement de salope et de pute.

— Il te tuera pour ça, dis-je, hors de moi.

— Vraiment ? Je ne vois pas comment il me trouverait.

Je me tais, en espérant qu'il se rappelle qu'Alex est propriétaire d'un chalet dans ces bois. Le seul hic est de savoir s'il le trouvera.

— S'il tient à toi, il paiera la rançon, dit-il en riant sous cape, mais il se fourre le doigt dans l'œil jusqu'à l'omoplate s'il croit que je te rendrai un jour.

Une terreur froide et glaciale me transperce.

— Qu'est-ce que tu racontes, bordel ?

— Tu m'appartiens, Jasmine, et je vais découvrir exactement ce qui rend Kane si accro dès qu'il aura payé la rançon. On partira loin d'ici.

Mon dégoût va crescendo tandis qu'il s'approche, son doigt effleure mon cou. Je déglutis difficilement, j'essaie d'endiguer la peur qui m'envahit comme une maladie. Être touchée par Alex, mon beau-père, me donne la nausée. J'ai toujours su qu'il était abject, mais son comportement dépasse l'entendement, il a touché le fond.

— Bas les pattes, je hurle et lui crache au visage.

Tous mes muscles se bandent lorsqu'il essuie le crachat sur sa joue. Sa main s'abat durement sur mon visage, une douleur fulgurante irradie dans ma mâchoire. La puissance de sa gifle rouvre la plaie sur ma joue, le sang frais coule sur ma peau. Des larmes piquent les yeux tandis que je contemple l'homme chez lequel j'ai vécu les sept dernières années de ma vie.

Il n'a jamais été un père pour moi mais il n'était pas cruel et dégoûtant comme maintenant. Il finit heureusement par s'éloigner.

— Tu t'habitueras à mes caresses, Jasmine. Kane ne découvrira jamais notre destination.

Un désir malsain brûle dans ses yeux, j'en ai l'estomac tout retourné. Un frisson me parcourt l'échine, je refuse de le croire. Kane doit me retrouver. Il le faut.

— Personne n'échappe aux Romano, dis-je calmement.

Alex rit à gorge déployée.

— Peut-être pas en Amérique du Nord, mais nous aurons quitté ce pays depuis longtemps.

Une panique dantesque m'envahit, je ne peux pas rester là sans rien faire. L'adrénaline déferle et je me lève d'un bond pour me ruer vers les marches qui mènent au rez-de-chaussée. Alex tente de m'attraper par la taille, mais je le vois venir à un kilomètre. Je l'esquive et lui assène un coup de pied dans l'entrejambe pour faire bonne mesure. Il tombe et grogne comme un goret en se tenant l'aine.

— La salope essaie de s'enfuir, arrête-la, crie-t-il à quelqu'un en haut, mon rythme cardiaque accélère dangereusement.

Mes muscles se bandent, je me prépare à me battre, je suis prête à tout pour sortir d'ici.

Mon cœur bat plus vite que mes pas dans les escaliers, j'arrive dans le chalet où j'ai passé de si nombreux étés. Il n'y a qu'un seul homme entre moi et mon issue, mais il est gigantesque. Il doit mesurer près de deux mètres, une vraie *montagne* de muscles. Sa silhouette bloque la totalité de la porte, mon estomac se noue lorsque je réalise que la probabilité que je m'échappe est faible, voire, inexistante.

— Tu vas où comme ça ? il demande en souriant.

— Je me taille, dis-je en croisant les bras sur ma poitrine.

Il rit et j'en profite pour me diriger vers mon ancienne chambre. Je pourrais m'échapper par cette maudite fenêtre, il ne pourra pas me suivre. Le martèlement de mes pieds sur le parquet résonne dans le chalet, il m'emboîte le pas. Je claque la porte de la chambre derrière moi et me précipite vers la fenêtre.

Mes mains tremblantes peinent à défaire le loquet, mais j'y parviens et force la fenêtre à s'ouvrir. Le cœur au bord des lèvres, je hisse une jambe sur le rebord mais deux grandes mains m'agrippent.

— Lâche-moi, je crie et j'essaie de me dégager de son emprise.

Il ricane et me soulève comme si je pesais une plume. Je hurle à pleins poumons tandis qu'il me tire de force dans le couloir et me ramène vers la cuisine. J'étais à deux doigts de m'échapper. Mes coups de poing et de pied ne lui font aucun effet. Alex est dans la cuisine, les yeux fous, enragés.

Il m'attrape par la gorge, serre si fort que j'ai du mal à respirer.

— Je vais adorer te briser, Jasmine, crache-t-il en plaquant ses lèvres sur les miennes.

Je me crispe, je me sens mal au point de vomir. Puis, l'homme qui me tient me ramène au sous-sol. Il me pousse vers le sol avant de pivoter et monter les escaliers.

— Tu ne t'en tireras pas comme ça, je crie, pathétique au possible.

Il ne dit rien et continue de monter les marches. J'entends la porte se refermer et je me retrouve plongée dans l'obscurité la plus totale. Les paroles d'Alex tournent en boucle dans ma tête.

Kane ne découvrira jamais notre destination.

Je n'arrive pas à y croire. Les larmes me piquent les yeux alors que j'envisage la possibilité de ne plus jamais le revoir. Un homme dont je suis tombée amoureuse si intensément et si rapidement que je n'aurais jamais cru ça possible.

Je croise les bras sur ma poitrine et m'affaisse contre le mur, espérant de tout cœur qu'il me trouvera ici, obligatoirement.

21

KANE

Je regarde Rick, j'attends le signal. Il m'adresse un signe de tête et Léo fait craquer sa nuque, prêt à en découdre. Mes doigts trouvent la crosse de mon arme, je dégaine en ôtant le cran de sécurité. J'adresse un bref signe de tête à Léo avant de franchir la porte et pointer mon arme vers la première silhouette en ligne de mire.

Ce n'est pas Alex. Un grand type musclé vêtu de noir est planté là, sa main se dirige vers son arme mais il est trop lent. J'appuie sur la gâchette, tire dans sa main et le contrains à reculer. Je lance un coup d'œil à Léo et constate que son arme est pointée sur Alex, qui tombe à genoux, les mains en l'air.

— Non, ne tirez pas. Pitié, je vous en supplie.

Ses sanglots me donnent la gerbe. Ce type est le plus gros lâche que j'aie jamais rencontré. Quand on veut éviter les emmerdes, on ne se frotte pas à la mafia la plus puissante de toute l'Amérique du Nord. Il n'y a aucune chance que cet homme sorte de ces bois vivant, pas cette fois. Rick arrive derrière nous, l'arme au poing, et met en joue Alex à son tour.

Je passe devant Alex sans mot dire, je laisse mes frères veiller sur lui et le type que j'ai touché à la main. Jasmine est tout ce qui compte pour l'instant. Mes nerfs sont en ébullition quand j'ouvre toutes les portes pour tomber à chaque fois sur une pièce vide. Plus je cherche, plus ma colère augmente.

Je grommelle et retourne dans le salon. Je suis prêt à tuer ce petit con pleurnichard mais je dois d'abord la trouver.

— Où elle est, putain ? je demande, en attrapant Cavino par le cou.

Il tremble comme une feuille et je le plaque au mur en lui jetant un regard noir. Je fronce les sourcils en sentant un liquide chaud imbiber mon pantalon.

— Putain de toi, Cavino.

Je le laisse tomber au sol et je le regarde avec dégoût. Il vient de se pisser dessus et de m'arroser au passage, de pire en pire.

— Kane !

Un cri étouffé provenant d'en bas attire mon attention. J'attends en silence un moment et je l'entends à nouveau. C'est Jasmine, elle est en dessous. Il l'a enfermée dans le sous-sol du chalet. Je remarque la porte dans le coin de la cuisine et me précipite dessus.

Je vois rouge. Je l'ouvre grand et descends les marches dans l'obscurité. Il fait nuit noire ici. Comment ce connard peut traiter sa propre belle-fille de la sorte ?

— Jasmine, je crie et je plisse les yeux pour essayer de la distinguer dans l'obscurité.

— Kane, par ici, dit-elle faiblement.

Je suis sa voix et la trouve par terre, le blanc de sa robe bien visible dans le noir. Je suis soulagé de la voir vivante, assise là, à me regarder. Ses yeux bleus percent l'obscurité. Je passe mes bras autour de sa taille et je la soulève. Jasmine passe ses mains autour de mon cou, elle sanglote doucement pendant que je l'emmène dans les escaliers qui remontent au chalet.

Je l'installe sur un petit canapé dans un coin. Je me crispe en voyant l'état de son visage. Une large entaille part de sa bouche et remonte jusqu'à sa joue, sans compter les ecchymoses. Je deviens fou et je me précipite sur Alex, poings serrés, sans un mot.

— Tu as frappé ma femme, je hurle en lui assénant un violent coup de poing au visage, si fort que le craquement résonne dans tout le chalet. Sa mâchoire se relâche, il ne peut même pas parler, je l'ai cassée. Je continue de le tabasser, je perds totalement mon sang-froid.

Un petit cri derrière moi m'arrête net. Je me retourne pour voir Jasmine qui me regarde les yeux ronds, la bouche entrouverte. Je fais appel à tout mon self-control pour me maitriser, tout en jetant un coup d'œil au visage ensanglanté d'Alex. J'ai l'intention de le tuer mais elle n'a pas besoin d'assister à cet enchaîne-ment de violence.

— Rick, emmène Jasmine dans la voiture, dis-je calmement.

— Non, je veux voir ce salaud mourir pour ce qu'il a fait, dit-elle en se levant d'un bond.

Je la regarde venir vers moi, folle de rage.

— Donne-moi le pistolet, demande-t-elle en tendant la main.

— Jasmine, je refuse que tu trempes là-dedans, dis-je en m'éloignant.

L'idée qu'elle appuie sur la gâchette, se transforme en un monstre comme moi, m'est insupportable. Jasmine est gentille, innocente et douce, tout ce que je ne suis pas. Je la regarde droit dans les yeux et réalise que je l'ai fait basculer du côté des méchants, c'est entiè-rement ma faute.

— Je fais déjà partie de cette vie, Kane, dit-elle en prenant ma main. Je veux vivre ma vie avec toi, cette vie est aussi la mienne.

— Oui, mais assassiner quelqu'un vous change un homme. Je ne veux pas que tu en arrives là, ni aujourd'-hui, ni jamais, dis-je en pressant ses petites mains.

Sa mâchoire se crispe légèrement et elle regarde son beau-père et moi.

— D'accord, je ne tirerai pas, mais je reste.

— Je préférerais t'épargner la scène ma chérie, dis-je en l'attirant contre moi et en l'embrassant tendrement sur le front.

— Cela ne changera pas ce que je ressens pour toi, dit-elle, les yeux débordant de tendresse.

Je déglutis péniblement, j'aimerais tant que ce soit vrai. Elle ne se rend pas compte de ce que le meurtre fait vraiment, qu'on soit témoin ou exécutant. Dans les deux cas, ça vous change.

— S'il te plaît, fais-le pour moi, dis-je en la suppliant de sortir.

Elle me dévisage un moment avant d'acquiescer.

— D'accord, je sors, je t'attends dehors.

Le soulagement déferle en la voyant qui s'éloigne, j'ouvre la porte et la referme sur la scène derrière elle. Je contemple à nouveau Alex, qui gît au sol, en sang.

Agenouillé, Alex pleurniche comme un lâche, preuve que je dois toujours me fier à mon instinct. J'ai su que je commettais une erreur la première fois en lui laissant la vie sauve. Jasmine et moi nous serions retrouvés d'une manière ou d'une autre, j'en suis sûr.

— Pitié, je vous en supplie, dit-il en tendant les mains et en plissant les yeux à cause de son œil abîmé.

— Aucune pitié, pas après ce que tu as fait. La première fois que tu t'es foutu de nous, j'ai cru que tu avais retenu la leçon. Il n'y a jamais de seconde chance avec les Romano.

Je m'approche de lui, furieux qu'il ait pu faire ça à une femme aussi douce que Jasmine, la preuve que c'est un vrai minable. Ma main se referme sur sa gorge, je le fais décoller du sol. Une fois debout, je le cogne au visage, encore et encore, incapable de contenir ma rage.

Ce n'est que lorsque Rick s'approche et pose sa main sur mon épaule que je sors de la rage brutale qui me consume.

— Je peux m'en charger, frérot.

Je secoue la tête, c'est à moi de buter ce fils de pute. Quand la nouvelle se sera répandue comme une traînée de poudre, tous sauront qu'il ne faut pas toucher à ma femme. Ils sauront combien je tiens à elle, mais aussi ce que je ferai à quiconque osera s'en approcher.

— Il faut que ce soit moi.

Rick acquiesce, glisse sa main sous ma veste et prend mon arme.

— Inutile de faire ça à mains nues. Achève-le.

Il me fourre l'arme dans la main et se poste près de la porte pour la surveiller.

Je lève mon arme et visse un silencieux à l'extrémité du canon. Le sang macule mes articulations et mes vêtements. Au moment où je la pointe dans sa direction, il tente de s'enfuir, mais je suis plus rapide. Le coup de feu retentit et il s'affale comme une merde. Le sang coule à flot de sa blessure à la tête, le parquet se teinte d'écarlate.

Je déteste être insensible au meurtre. Chaque fois que je tue, je sens qu'on m'arrache une nouvelle partie de moi-même. Je vends mon âme au diable à chaque ordre exécuté pour cette famille. Je n'aurais pas pu laisser la vie sauve au beau-père de Jasmine, pas après ce qu'il a fait, mais j'aimerais ne jamais devoir tuer.

La main de Léo posée sur mon épaule me fait sursauter.

— Je vais demander aux hommes de nettoyer.

J'acquiesce sans faire mine de m'éloigner, je ne quitte pas son corps sans vie des yeux. Telle est ma vie, je suis en paix avec depuis longtemps. Au fond, une partie de moi est coupable, coupable d'avoir fait entrer Jasmine dans cet univers. Il n'y a plus d'issue possible désormais, elle en fait partie. J'ai l'impression que la culpabilité va m'engloutir et me dévorer tout entier.

— Ça va ? demande Léo.

Je me retourne et regarde mon frère, son inquiétude ne passe pas inaperçue.

— Oui. Je regrette juste que Jasmine doive assister à tout ça.

— Jasmine t'aime, c'est évident, dit Léo en poussant un gros soupir et en me tapotant le dos.

Je suis surpris que mon frère exprime un tel sentiment, lui, d'habitude toujours en train de plaisanter.

— Tu as trouvé la bonne, Kane. Accroche-toi et ne la laisse surtout pas filer.

J'acquiesce, j'essaie de bien enregistrer ses paroles. Qu'elle me voie dans cet état, éclaboussé du sang d'un autre homme et brisé à l'intérieur, m'effraie. Jasmine serait la première personne, à part mes frères, à être témoin de ma vulnérabilité, ma facette gravement endommagée par mes actes quotidiens.

Je soupire pesamment et me détends enfin. Les paroles de Léo apaisent un peu mon anxiété. Si elle m'aime, elle s'en fichera, du moins, je l'espère.

Le truc qui m'effraie le plus, c'est perdre la femme que j'aime.

22

JASMINE

Kane sort du chalet, ses vêtements et ses mains éclaboussés de sang. L'espace d'un instant, un regard hanté passe dans ses yeux lorsqu'ils rencontrent les miens. L'inquiétude et la haine de soi disparaissent en un clin d'œil, l'homme tout-puissant que j'ai toujours connu réapparaît devant moi, annihile la douleur et la colère.

Un sourire triste se dessine sur son visage tandis qu'il me regarde. Quand je l'ai rencontré la première fois, il incarnait la puissance à l'état pur mais il cache clairement un grand cœur. Son rôle en tant que bras droit de son frère ne fait pas de lui l'homme qu'il est. Son travail ne le définit pas. La puissance qu'il dégage à l'extérieur, cette partie brutale et perverse, n'est là que pour faire bonne figure, pour que ses ennemis sachent qu'on ne peut pas lui chercher des noises. La faiblesse, c'est donner à ses adversaires une chance de l'atteindre, lui et ceux qu'il aime. Je le comprends, maintenant.

J'étais si remontée contre mon beau-père que je

voulais appuyer sur la gâchette. Mais en voyant ce que tuer a fait chez Kane et combien ça l'affecte, je suis contente qu'il m'en ait empêché. Bien sûr, Alex était un connard qui méritait de mourir pour ce qu'il comptait me faire, mais je n'aurais pas été certaine de réussir à vivre comme avant si je l'avais tué.

Je m'approche et passe mes bras autour de sa taille. Ses vêtements imbibés de sang imprègnent les miens mais je m'en fiche. Tout ce qui m'importe, c'est que nous soyons tous les deux en sécurité et ensemble.

— Merci, je murmure en serrant étroitement sa taille.

Ses mains se posent sur mes épaules et il s'écarte pour me regarder dans les yeux.

— Merci de quoi ?

— Merci de m'avoir sauvé de mon enfoiré de beau-père, et pour m'avoir évité de commettre une grosse erreur, dis-je, gênée.

— De rien, ma chérie, dit-il en souriant, je suis sincèrement désolé pour notre mariage, soupire-t-il en contemplant ma robe abîmée.

— Rien ne nous empêche de nous marier, dis-je en haussant les épaules.

Il secoue la tête, m'attire contre lui et m'embrasse tendrement, plus tendrement que jamais.

— On va tout planifier à nouveau et choisir une nouvelle robe, je veux que ce soit un jour spécial pour nous deux.

Je ne peux m'empêcher de sourire, je suis heureuse, en fin de compte. J'ai l'impression que mon cœur va exploser en contemplant l'homme dont je suis tombée amoureuse.

— Je t'aime, je murmure en posant ma tête sur son torse musclé et en fermant les yeux, je t'aime tellement que ça fait mal.

Kane rit doucement, passe ses bras autour de ma taille et me soulève.

— Je t'aime aussi, murmure-t-il à mon oreille, presque trop bas pour l'entendre, mais c'est suffisant. Nous ne nous connaissons peut-être que depuis deux semaines, mais ce sont les deux semaines les plus heureuses de toute ma vie.

Il me fait tournoyer et j'éclate de rire. Je n'aurais jamais cru que le fait que mon beau-père soit un salaud me conduirait jusqu'à l'homme de mes rêves. Il est tout ce dont j'ai toujours rêvé et bien plus encore.

J'ai été seule toute ma vie, jusqu'à maintenant.

— Ok, du calme les tourtereaux, dit Léo derrière nous, surprenant Kane qui me pose sur mes pieds sans crier gare. J'ai très peu discuté avec les frères de Kane. Pour être honnête, il m'a gardé recluse dans sa chambre, effrayé à l'idée de me laisser sortir. Je ne crois pas que nous ayons été officiellement présentés, future belle-sœur, dit-il en s'inclinant légèrement.

— Arrête tes conneries Léo, dit Kane en lui coulant un regard mauvais.

Il s'avance, prend ma main et me fait un baise-main.

— Enchanté, Jasmine, tu es certaine qu'il n'est pas trop vieux pour toi ? dit-il en lorgnant sur Kane, qui grogne tout bas et avance d'un pas.

— Je plaisante, grand frère, dit Léo en reculant, les mains en l'air.

— Il n'est absolument pas trop vieux pour moi, dis-je en prenant la main de Kane dans la mienne et en la serrant doucement, tout sourire. J'ai hâte d'apprendre à mieux te connaître, Léo.

— Elle me plait bien, Kane, dit Léo avec un sourire sincère.

Rick sort du chalet et nos regards se croisent, il vient vers moi, légèrement agacé.

— Ouais, c'est tout de même étrange, tu allais l'épouser sans prendre le temps de la présenter à tes frères. Il s'avance et me donne une poignée de main ferme. Moi, c'est Rick.

— Je sais.

— Changez de vêtements et brûlez-les, dit-il avec le sourire en donnant un sac à Kane. Toi aussi, ma belle. On se retrouve à la maison, lance-t-il à l'attention de son frère.

Il nous dépasse et se dirige vers l'un des SUV garés dans les bois, Léo à sa suite ; nous sommes à nouveau seuls. Trois hommes sortent de l'autre véhicule avec des jerrycans pleins et se dirigent vers le chalet. Je pense qu'ils vont y mettre le feu, vu la quantité d'essence transportée.

— Je venais souvent dans le coin dans ma jeunesse, dit Kane en prenant ma main. Viens, je connais un endroit où se laver.

Je le laisse me guider vers un sentier qui s'enfonce dans les bois et serpente dans une vallée. Le bruit de l'eau m'attire, je sais exactement où il m'emmène. Il y a une petite chute d'eau et une zone de baignade naturelle un peu en contrebas du chalet. J'avais coutume d'y passer des heures pour échapper aux chamailleries de ma mère et d'Alex.

Kane se déshabille dès notre arrivée, se débarrasse de ses vêtements et sort une allumette. Mon cœur tambourine devant son corps musclé et tatoué, un désir irrépressible m'assaille instantanément. Je suis dans l'impossibilité de détacher mon regard de sa verge impressionnante en semi-érection nichée entre ses cuisses.

— Allez, on se déshabille, dit-il, les yeux pleins de cette passion *ardente* qui me fait fondre, en indiquant d'un signe de tête le tas de linge. Rougir à l'idée de me mettre à poil ici avec lui est stupide, vu tout ce qu'on a fait.

Je me déshabille, je me sens toute nue alors que la brise estivale fouette mon corps. Mes tétons sont durs et dressés à cause de mon excitation et de l'air frais.

Kane craque l'allumette, la jette sur nos vêtements ensanglantés et y met le feu. Je croise les bras sur ma poitrine, je me sens vulnérable quand ses yeux se tournent à nouveau vers moi.

— Viens ici, ma petite, grogne-t-il, mon désir va crescendo.

Je sens déjà ma mouille qui coule le long de mes cuisses, et il ne m'a même pas encore touchée. Je m'avance, une fois tout près, il m'attire et m'embrasse ardemment, passionnément.

Sa verge épaisse se frotte contre mon ventre, je gémis dans sa bouche. Il passe ses bras autour de ma taille et me soulève, me contraint à enrouler mes jambes autour de lui. Il pousse un grognement sourd tandis que son gland gonflé se niche contre mes lèvres glissantes.

Kane entre dans l'eau avec moi aux bras. Mon rythme cardiaque s'accélère, l'eau fraîche asperge tout mon corps, je frissonne.

— C'est froid.

— Ne t'inquiète pas, je vais te réchauffer, bébé, dit Kane en souriant.

Il se perche sur un rocher lisse sous la surface et me prend dans ses bras. Sa verge en érection glisse dans ma vulve.

— Baise-moi, je gémis quand ses lèvres capturent les miennes.

Je me lève et laisse sa bite sortir, le gros gland taquine ma fente. Je m'empale sur lui d'un coup avec un gémissement de bonheur, une sensation de plénitude m'envahit quand son membre palpitant se fraie un chemin.

— C'est ça ma chérie, chevauche-moi, gémit-il en enfonçant ses doigts dans mes fesses, avant de me donner une claque dans l'eau, prends ma bite.

Je le chevauche plus vigoureusement et plus rapidement, il gémit dans mon cou.

— Oh oui.

Mon orgasme approche *déjà*. Faire l'amour avec Kane ici, en pleine nature est tellement libérateur et agréable. Je l'aime malgré tout ce qu'il fait et ce qu'il est.

Il attrape mes hanches, m'arrête et se lève dans l'eau, ma chatte toujours agrippée sur son gros sexe frémissant. Je pousse un gémissement tandis qu'il me baise debout, plus profondément que jamais. C'est primitif et éperdu, de vrais animaux en plein accouplement. Nos bruits sont presque sauvages alors qu'il nous pousse tous les deux vers l'orgasme.

Je plante l'extrémité de mes doigts dans ses épaules et je le griffe tandis que le désir me traverse. Il se rassied sur le rocher, attrape mes poignets et les bloque dans mon dos. Kane les tient fermement d'une main, me retient en me pilonnant à grand renfort de coups de bassin.

L'eau nous éclabousse tandis qu'il s'enfonce en moi. Je sens mon orgasme monter en flèche, il me retient, grogne et gémit à mesure qu'il durcit.

— Jouis pour moi, ma chérie, il grogne en me tringlant comme un possédé.

— Oh oui, maître, je crie en jouissant sur sa bite.

Il éjacule en rugissant, déverse son sperme épais au fond de mon sexe. Il n'arrête pas de me baiser pendant l'orgasme, s'assure d'avoir vidé ses couilles jusqu'à la dernière goutte.

Il s'arrête enfin et je m'effondre sur son torse. Il lâche mes poignets et me laisse passer mes bras à son cou. La chaleur de son corps se communique au mien, je ne remarque plus l'eau froide.

Tout ce dont je suis consciente, c'est de l'homme dans les bras duquel je me trouve. Il m'embrasse doucement et tendrement dans le cou.

— Tu es tellement belle, Jasmine, murmure-t-il en pressant ses lèvres à la base de mon lobe, et tout à moi.

Je hoche la tête, mes lèvres trouvent les siennes.

— Tout à toi, dis-je dans un murmure.

23

ÉPILOGUE

Jasmine

Dix-huit mois plus tard...

Le clapot de l'océan sur le rivage renvoie un écho apaisant mais mon cœur tambourine dans ma poitrine. J'attends qu'on me conduise jusqu'à l'allée improvisée sur le sable blanc et doux. Je ne le vois pas encore, mais j'ai hâte.

Léo prend mon bras et me sourit

— Ne t'inquiète pas, tu seras parfaite.

Je le gratifie d'un sourire, malgré la tempête qui fait rage dans mon ventre. Je pose ma main libre sur la bosse de mon abdomen. Enceinte de six mois, nous ne savons pas encore si c'est une fille ou un garçon. Nous voulons tous les deux que ce soit une surprise, au grand dam de notre entourage.

Ma robe est plus belle que celle qu'Alex a déchiré le

jour où j'étais censée épouser Kane. Il s'est passé tellement de choses depuis, la famille a connu des hauts et des bas mais c'est une autre histoire.

Il nous a fallu du temps pour réorganiser le mariage, dix-huit mois, pour être exacte. Je suis heureuse que nous ayons attendu, c'est l'endroit idéal pour un petit mariage en tout intimité. Une plage magnifique en Colombie, le pays dont est originaire la maman de Kane.

Nous avons loué la plage, seuls la famille proche et les amis sont là, Ethan, Jack, Rick, Léo, Ellie et Alicia sont les seuls invités, exactement ce que nous voulons tous les deux. Je déteste les mariages trop blingbling et tapageurs.

L'orchestre se met à jouer et la musique du mariage retentit, mon cœur bat à cent à l'heure.

Léo me serre le bras. Il m'a proposé de me conduire à l'autel, puisque je n'ai pas de famille.

— Viens, je vais marcher à tes côtés.

— Merci, Léo, dis-je, je marche au même rythme, en essayant de ne pas trébucher sur la traîne de ma robe.

Nous arrivons au bout de l'allée, tout s'efface dès que je le vois. Les yeux de Kane rencontrent les miens et mon cœur se calme peu à peu. J'aimerais pouvoir marcher plus vite pour le rejoindre.

Il me sourit, les yeux brûlants de désir et de cette passion qu'il insuffle dans son regard toutes les fois que je le vois, le temps n'émousse pas la passion.

La nervosité qui me noue les tripes s'évanouit. Je sais que je n'ai jamais été aussi sûre de quoi que ce soit de toute ma vie, épouser Kane est *tout* ce que je veux.

Ellie, la petite amie de Léo, est ma demoiselle d'honneur. Rick se tient aux côtés de Kane en tant que témoin. Mes pas s'accélèrent au fur et à mesure que je remonte l'allée, obligeant Léo à marcher plus vite.

— Ralentis et profite du moment, murmure-t-il en essayant de m'empêcher de courir vers mon fiancé.

Impossible de ralentir, j'ai envie de courir dans ses bras.

— Je ne peux pas, je le contrains à presser le pas.

Le sourire de Kane me fait fondre, ses yeux bruns sont emplis d'une joie et d'une faim féroce qui me donne les jambes molles. Il est superbe dans son costume de mariage beige sur mesure qui exalte sa musculature. Le pasteur tout au bout attendant de nous marier.

Léo me prend la main une fois arrivés au bout de l'allée et la place dans celle de Kane. Je lui adresse un sourire de remerciement et serre étroitement la main de Kane.

Nous nous tournons vers le pasteur sans nous quitter des yeux, l'officiant s'éclaircit la gorge et attire notre attention. J'entends à peine ce qu'il dit pendant la cérémonie, mes yeux restent fixés sur Kane.

Le pasteur prononce mon nom et me sort de mon hébétude.

— Acceptez-vous de prendre cet homme comme époux légitime ? demande-t-il en me regardant attentivement.

Je souris en jetant un coup d'œil à Kane, en adoration.

— Oui, je le veux.

Il se tourne vers Kane.

— Kane Romano, acceptez-vous de prendre cette femme pour épouse légitime ?

Mon cœur s'accélère en attendant sa réponse, je ne le quitte pas des yeux.

— Je le veux.

— En vertu des pouvoirs qui me sont conférés, je vous déclare unis par les liens du mariage. Vous pouvez embrasser la mariée, dit-il en souriant à Kane.

Kane passe ses bras autour de ma taille, m'attire vers lui et m'embrasse avec fougue. Sa langue s'introduit dans ma bouche et je ne peux m'empêcher de gémir. Amis et famille applaudissent, l'embarras se dissipe comme nous nous séparons. Mes joues sont en feu quand je souris à Ellie, ma demoiselle d'honneur.

Ethan est assis avec Jack, son petit ami, qui applaudit en souriant. Malgré ses réserves à l'égard de Kane au début, il a accepté que je l'épouse après avoir appris à mieux le connaitre. C'est la seule personne à laquelle je tenais avant de rencontrer Kane.

Le cadavre d'Alex n'a jamais été retrouvé, les gens croient qu'il s'est enfui à cause de problèmes financiers et parce que du mauvais côté de la loi. Seuls Kane, Rick, Léo, moi et une poignée de leurs hommes de confiance savons la vérité. Je déteste penser aux détails, mais Kane m'a assuré qu'on ne retrouverait jamais son corps. Cet état d'esprit me déplait toujours autant, même si Kane s'assure de ne pas m'impliquer dans ses histoires de mafia.

On n'a jamais revu Jaz depuis le fameux jour où il a participé à mon enlèvement en aidant Alex. Il a manifestement pris la bonne décision en quittant le pays. Des hommes de Kane sont toujours à ses trousses ; il les a trahis, on ne peut pas passer l'éponge.

— Que la fête commence, déclare Kane.

L'assemblée acquiesce et applaudit, tous se dirigent vers le petit restaurant réservé pour la réception à quelques centaines de mètres de la plage. Tout ce que je veux maintenant, c'est consommer notre mariage. Kane m'arrête et chuchote comme s'il lisait dans mes pensées,

— Laisse-les partir devant, je meurs d'envie de te sauter.

Je gémis alors qu'il m'attire contre lui, sa grosse bite se presse dans mon dos.

— On ne peut pas, ils vont se demander où on est passé.

—J'ai déjà prévenu mes frères, s'esclaffe Kane.

Mes joues s'échauffent, j'aperçois Léo qui regarde derrière lui avec un petit sourire.

Merde.

— On a réservé cette plage, autant dire que je compte bien te baiser ici, en plein air.

Il me fait virevolter, plaque ses lèvres sur les miennes. Malgré mes réserves, j'enroule mes bras autour de son cou et cède à mon mari. Dire *mon mari* est bizarre mais si agréable.

— Tu es magnifique dans cette robe, surtout enceinte, dit-il en m'embrassant dans le cou. Il est temps de l'enlever et d'aller nager.

Je suis dubitative mais je ne discute pas, il m'aide à enlever la robe et la plie soigneusement, je reste en sous-vêtements. Il pose sa veste sur un rocher et la met par-dessus. Je le regarde se déshabiller, il ne garde que son caleçon.

Il me prend dans ses bras, se précipite dans la mer et se jette à l'eau avec moi. Il me lâche, mon cœur saute un battement quand il nage hors de vue de la plage pour m'entraîner Dieu sait où.

— Kane, où va-t-on ?

— C'est un secret, dit-il en souriant.

Nous nageons et contournons la baie, pour arriver dans une baie cachée encore plus petite. Un lit de plage parsemé de pétales rouges trône sur le rivage. Un grand auvent a été installé pour se protéger du soleil. Je déglutis difficilement et retiens mes larmes à grand-peine.

— C'est toi qui as fait ça ?

— D'après toi ?

J'enroule mes bras autour de son cou et l'embrasse tendrement, j'injecte tout mon amour dans le baiser.

— Je t'aime, Kane, son sexe en érection palpite entre nous.

— Je t'aime aussi.

Il me sort de l'eau, patauge jusqu'au rivage et atteint le lit. Je soupire quand il me dépose au milieu et me grimpe dessus, il me plaque de tout son poids.

— Je suis prêt à faire l'amour à ma femme si fort qu'elle ne pourra plus marcher droit.

Ça m'excite, j'attrape sa verge dressée frétillante dans son caleçon et la caresse. Son doigt passe sous l'ourlet de son boxer qu'il baisse, sa bite dressée se cogne contre ses abdominaux.

Je le regarde prendre quelque chose de côté et le

brandir pour que je le voie. Sa barre d'écartement préférée. Je l'adore, impossible de réprimer mon excitation. Il attache mes pieds et mes jambes aux sangles déjà fixées mais pas trop serrés, nous sommes un peu plus calmes niveau bondage depuis ma grossesse, avant d'ajouter la barre d'écartement.

— Pas de bandeau ?

— Non, je veux regarder ma femme dans les yeux pendant que je la fais jouir, il grommelle en m'embrassant comme un affamé, mais tu peux essayer autre chose.

Je le regarde prendre un plug anal plus gros que d'habitude et un tube de lubrifiant.

— Je veux voir ça dans ton cul, ronronne-t-il en effleurant du doigt mon orifice sensible.

J'acquiesce, je suis si excitée et prête que je me liquéfie presque. Le désir inonde mon corps tandis que je me débats contre les liens, j'aime être entièrement à la merci de mon mari. Lentement, il étale le liquide froid sur mon orifice anal, enfonce un gros doigt à l'intérieur. La sensation m'arrache une plainte, j'adore. Il ajoute un autre doigt très lentement, m'étire. Bientôt, me voici prête à accueillir le plug qu'il introduit lentement.

La sensation de plénitude me fait tressaillir et j'ai besoin d'un peu de temps pour m'habituer. Ceci fait, je me détends et sens ma chatte devenir humide au point de dégouliner sur les draps.

— C'est ça, ma belle, détends-toi, gronde Kane, il caresse sa verge de haut en bas en contemplant avidement ma chatte mouillée.

Je gémis profondément quand sa bouche descend sur ma vulve humide et trempée, il lèche ma fente.

— Tu es toute douce, ma chérie, dit-il en respirant contre mon clitoris.

Je sursaute quand sa langue effleure mon bourgeon palpitant, mes hanches s'arcboutent vers son visage. Ses grosses mains rugueuses me plaquent sur le lit, l'une d'elle remonte le long de ma taille, il titille mes mamelons qui durcissent douloureusement.

La langue de Kane me fouille, me procure un flot de désir torride, il mordille mon clitoris de temps à autre. Cet homme connaît vraiment mon corps mieux que moi, ses mains empoignent mes hanches au point de laisser des marques, comme s'il était affamé et voulait désespérément me goûter.

S'abandonner au plaisir est difficile. Mon instinct me pousse à m'agripper à quelque chose mais les entraves du lit m'en empêchent. Je contemple mon mari, ses yeux sombres et ardents me fixent tandis qu'il introduit un gros doigt dans mon sexe étroit. Le plug anal me procure un plaisir infini, mon vagin est encore plus serré.

Un seul doigt suffit pour que mon orgasme m'ébranle, une chaleur torride déferle dans mes veines. Mes muscles se contractent sur son doigt lorsqu'il se retire.

— Mmm, murmure-t-il en suçant mon nectar sur ses doigts, j'ai hâte de te remplir avec ma bite, grogne-t-il en remontant le long de mon corps et en me laissant goûter sa langue.

— Oh oui, s'il te plaît.

— S'il te plaît, quoi ? demande-t-il, un demi-sourire aux lèvres.

Je me mords la lèvre inférieure, je sais ce qu'il attend.

— S'il te plaît, maître, dis-je, en léchant ma lèvre.

Il me mord doucement et resserre ses doigts autour de ma gorge.

— Bonne fille, ronronne-t-il.

Je crie quand sa bite bute contre mon vagin et s'infiltre malgré mon étroitesse. C'est différent de tout ce que j'ai ressenti jusqu'alors. La taille de son membre, associée au gros plug, rend les sensations à la fois plus agréables et plus douloureuses.

— C'est ça, ma chérie, prends la bite de ton maître, dit Kane en me fixant intensément.

Je pousse un gémissement quand il me pénètre plus profondément, étire mes muscles comme jamais. Mes jambes relevées écartées par la barre entre mes chevilles me font mal, la position lui permet de me pilonner plus profondément, de forcer mon sexe à rester béant. Mon esprit fait le black-out quand il me pénètre complètement, je sens ses couilles contre mon cul.

Je n'ai jamais ressenti une telle plénitude.

— Waouh, c'est super serré, grogne-t-il.

Je gémis en hochant la tête, incapable de parler. Il me baise lentement et brutalement, mon corps est en feu. Ses yeux sombres et dangereux se posent sur les miens, ses iris étincèlent de possessivité à l'état pur.

Déjà, je sens mon deuxième orgasme qui arrive, mes muscles se contractent sur son membre qui palpite.

— Oh oui, j'ai envie de m'agripper à lui à cet instant

précis. Ses muscles se contractent, je rêve de tendre les bras pour les toucher.

— Jouis pour moi, ma beauté, il tend la main vers le bas et doigte mon clitoris. C'est tout ce qu'il faut pour me faire basculer. Mon orgasme est violent et puissant, tout mon corps est agité de soubresauts. Un orgasme plus fort que tout ce que j'ai jamais ressenti m'ébranle, je hurle comme une possédée.

Nous sommes peut-être dans une crique située à un kilomètre abondant du restaurant réservé pour le mariage mais je parie qu'ils m'ont entendue. Je ne parviens pas à trouver la force de m'en préoccuper pour le moment. Des étoiles blanches filtrent dans mon champ de vision tandis qu'il continue de me pilonner, accélère le rythme à mesure que mon corps se détend et cède à la sensation d'oppression.

Il continue de me baiser lentement, avant d'attraper la barre d'écartement, l'ouvrir et s'en débarrasser. Je gémis dans sa bouche tandis qu'il m'embrasse goulument, ses doigts restant autour de ma gorge, sa bite s'enfonce à fond. Il détache enfin les liens de mes poignets, je peux le toucher.

Tout mon corps se rue vers un nouvel orgasme lorsqu'il s'enfonce encore plus profondément.

Il grogne et mord ma lèvre au point de me faire mal, mais dans le bon sens.

— Putain, Jasmine, ses doigts pincent mes mamelons.

Ma tête bascule en arrière, le plaisir que me procure mon mari me tire un gémissement. Mes doigts s'agrippent à son corps, je touche désespérément chaque centimètre de muscle. Nos lèvres restent collées l'une à l'autre tandis qu'il me baise doucement, un plaisir indicible déferle. J'adore notre façon de passer du sexe dur et brutal à un rythme plus lent et doux, les deux sont incroyablement agréables.

Il s'écarte et m'embrasse à nouveau sous l'oreille.

— Je t'aime, ma chérie.

Mes yeux se révulsent tandis qu'il embrasse mon cou et suce mes mamelons, tout en continuant à me pilonner lentement et tendrement. Mon troisième orgasme se profile déjà. Je m'accroche aux bras musclés de Kane pour me soutenir, il accélère le rythme, il connait mon corps par cœur.

Il me sait au bord du gouffre, il me baise plus intensément, sa bite palpite de plus en plus fort. Une explosion de chaleur m'envahit, je bascule. Il jouit en même temps que moi, grogne et éjacule puissamment.

Nous nous effondrons sur le lit, blottis l'un contre l'autre. Il me faut un certain temps pour reprendre mon souffle. Je m'écarte et contemple mon mari.

— Je n'aurais jamais cru être aussi heureuse, dis-je en effleurant sa joue du doigt.

Kane me gratifie de ce sourire qui fait chaud au cœur.

— Moi non plus, ma chérie, déclare-t-il en passant doucement ses doigts dans mes cheveux. J'ai hâte de fonder une famille.

Il presse son front contre le mien. On peut mourir de trop de bonheur ?

FIN

Merci d'avoir Le Maître de la Mafia, le premier livre de la série La Mafia Romano. J'espère que l'histoire de Kane et Jasmine vous a plu.

Découvrez son frère Léo dans le prochain opus, disponible sur Kindle Unlimited ou Amazon.

Le Patron de la Mafia : Un Roman Noir

Mon erreur me vaudra une punition.

Tout le monde sait qu'il ne faut pas voler un Romano, mais j'ai paniqué. J'ai failli m'en tirer, j'avais déjà un pied dehors mais les vigiles m'ont ramenée au club.

Quand Léo Romano entre dans son bureau, je sais que je suis une femme morte. Il n'y a pas d'issue. Ils m'ont attachée à cette chaise sans espoir de me détacher. Son regard me donne le frisson, d'autant que Léo est beau comme un dieu.

Je m'attends au pire, j'ose à peine le regarder approcher, jusqu'à ce qu'il me fasse assoir sur ses genoux. Je ne devrais pas apprécier, et pourtant. J'apprends vite à supplier le bras droit de la mafia de me punir dès que l'occasion se présente.

Il a décrété que je lui appartenais et qu'il pouvait me châtier à sa guise, tel est notre marché. Pourvu que *châtiment* rime avec *toujours*.

Le Patron de La Mafia est le deuxième opus

de la série La Mafia Romano. Une histoire qui ne vous laissera pas sur votre faim, avec un happy end et sans tromperie. Ce roman comporte des scènes torrides, aborde des sujets sensibles et emploie un langage vulgaire.

À PROPOS DE L'AUTEUR

J'adore écrire des histoires sur les garçons alpha en mafia qui ont du cœur malgré tout, des héroïnes féroces et des fins heureuses avec érotisme. Mes histoires ont des rebondissements qui vous inciteront à tourner les pages et à vous enflammer pour mettre le feu à votre Kindle.

D'aussi loin que je me souvienne, j'ai toujours été partante pour une bonne histoire d'amour. J'ai toujours aimé lire. Soudain, je me suis demandé pourquoi ne pas combiner mon amour de deux choses, les livres et la romance ?

Mon amour de l'écriture a grandi au cours des quatre dernières années et je publie maintenant exclusivement sur Amazon, tissant des histoires sur les mauvais garçons de la mafia et les femmes dont ils tombent éperdument amoureux.

Si vous avez aimé ce livre, suivez-moi sur Amazon, Bookbub ou l'une des plateformes de réseaux sociaux ci-dessous pour recevoir des alertes lorsque d'autres livres sont publiés.

www.ingramcontent.com/pod-product-compliance
Lightning Source LLC
LaVergne TN
LVHW040517200726
843493LV00017B/1272